13

사씨남정기

남쪽으로 쫓겨난 사씨 언제 돌아오려나

전국국어교사모임 기획 · 김현양 글 · 배현주 그림

Humanist

'국어시간에 고전읽기' 시리즈를 펴내며

고전을 읽어야 한다는 가르침은 어릴 때부터 귀가 따가울 만큼 들었다. 그러나 몸소 이를 따르는 사람은 흔치 않다. 종종 고전을 가까이하는 사람들이 있는데 이들은 대체로 삶을 헛되이 보내지 않고 훌륭한 일을 이루어 세상에 뚜렷한 이름을 남겼다. 고전 안에 그만큼 값진 속살이 들어 있기 때문이다.

고전이 이처럼 깊은 가치를 지녔는데 어째서 고전을 읽는 사람은 흔치 않을까? 아마도 고전이 사람을 쉽게 끌어당겨 주지 않기 때문일 것이다. 고전은 우리에게 섣불리 손짓을 하지도, 눈웃음을 치지도 않는다. 고전은 끈기를 가지고 파고들어 오는 사람에게만 마지못한 듯이 웃음을 지으며 속내를 털어놓는다. 고전은 요즘보다 훨씬 무뚝뚝하던 옛날에 이루어진 삶이며 글이기 때문이다.

그래서 우리는 청소년들이 고전을 즐겨 읽을 수 있도록 마음을 다했다. 뻣뻣하고 까칠한 고전을 달래서, 부드럽고 친절하게 청소년을 끌어당기도록 손을 쓰고 공을 들였다. 멋없이 무뚝뚝하던 고전을 정성껏 매만져서 두 팔을 활짝 벌리고 청소년들을 끌어안을 수 있도록 탈바꿈했다.

고전은 이제 온전히 겉모습을 바꾸어 청소년들을 맞이할 것이다. 자칫 속살까지 탈바꿈한 것처럼 보일지 몰라도 책을 읽다 보면 예스러운 고전의 맛과 멋을 한껏 느낄 수 있을 것이다. 우리는 무엇보다도 고전이 고전다운 속내와 뼈대를 온전하게 지니도록 하는 데 힘을 쏟았다.

고전은 시공간을 뛰어넘고, 나라와 겨레를 뛰어넘어 세상 모든 사람에게 큰 울림을 준다. 《시경》, 《탈무드》, 《오디세이아》, 셰익스피어와 괴테의 작품이 세상 모든 이에게 가르침을 주듯이, 우리의 고전도 모든 이에게 값진 가르침을 줄 것이다. 가르침이 서로 다르기는 하지만 높낮이가 있는 것은 아니다. 그러므로 세상 고전을 두루 읽어야 하는 것이나, 우리는 우리네 고전부터 읽는 것이 마땅한 차례다.

　이런 뜻으로 전국국어교사모임에서 '국어시간에 고전읽기' 시리즈를 펴낸 지 십 년이 되었다. 누구나 두루 즐기며 읽을 수 있도록 쉽게 풀어 쓰고 맛깔나고 재미있는 작품으로 재창조하려고 무던히도 애썼다. 다행히도 많은 독자로부터 분에 넘치는 사랑을 받았고, 우리 고전을 가까이하고 즐기는 청소년들이 많이 늘어 고마울 따름이다.

　지난 십 년처럼 묵묵하게 이 시리즈를 이어 갈 생각으로 첫 마음을 되새기며 글과 그림을 더하고 고쳐 좀 더 새로운 얼굴의 우리 고전을 세상에 다시 내놓으려 한다. 이 책을 통해 우리 청소년들이 풍성하고 가치 있는 고전의 바다에 풍덩 빠질 수 있기를 기대해 본다.

2012년 11월
전국국어교사모임

《사씨남정기》를 읽기 전에

다른 사람이 쓴 글을 읽는다는 것은 그 글을 쓴 이와 그 글을 읽는 내가 대화하는 것입니다. 대화가 이루어지기 위해서는 누군가가 먼저 말을 걸어야 합니다. 지금 삼백여 년 전 사람인 김만중(金萬重, 1637~1692)이란 분이 우리에게 말을 걸고 있습니다.

"사정옥이라는 여자가 남쪽으로 간 이야기(사씨남정기)를 들어 봐!"

우리는 이제 그 이야기를 들어 보려고 합니다. 작가인 김만중이 훌륭한 문인이었다는 말을 들은 적도 있고, 《사씨남정기》라는 소설이 대단한 작품이라는 말을 들은 적도 있어 호기심이 생깁니다.

'그분은 《사씨남정기》에서 무슨 말을 하려는 것일까? 재미는 있을까?'

김만중의 이야기를 들어 보기 전에 우선 그분에 대해 알아보았습니다. 그런데 이상한 점을 발견했습니다. 김만중은 문인이었지만 정치가이기도 했습니다. 대대로 높은 벼슬을 한 권세 있는 가문 출신으로, 자신의 보수적인 정치적 소신을 밝히다 여러 차례 귀양을 갔다고 합니다. 조선 시대 보수적인 양반 사대부들은 《사씨남정기》 같은 '소설'을 '써서도 안 되고 읽어서도 안 되는 글'로 여겼다는데, 그분은 그렇게 생각하지 않았나 봅니다.

양반 사대부 출신의 보수적인 정치가가 왜 《사씨남정기》 같은 소설을 썼을까요? 그 이유를 알아보니 어머니를 기쁘게 해 드리기 위해 썼다고도 하고, 인현 왕후를 내쫓고 장 희빈을 중전으로 앉힌 숙종 임금을 깨우치기 위해 썼다고도 하더군요. 어머니를 기쁘게 해 드리기 위해 썼다고 하니, 양반 사대부 집안의 여성들에게 소설이 흥미로운 읽을거리였나 봅니다. 한편 숙종 임금을 깨우치기 위해 썼다고 하는 것을 보면, 독자가 여성에 국한된 것은 아니었네요. 소설을 읽으면 안 된다고 한 사대부 남성들도 소설을 읽었던 것입니다. 조선 시대 독자들은 《사씨남정기》에서 '권선징악'이라는 교훈을 읽어 냈습니다. 어머니의 기쁨도, 숙종의 깨우침도 《사씨남정기》에 담겨 있는 교훈과 밀접한 관련이 있으며, 이런 교훈을 전하기 위해 이 소설을 썼다고 합니다.

작가의 창작 의도를 확인하려고 소설을 읽는다면 그것은 그리 재미있는 일이 아닐 것입니다. 작가가 어떤 의도를 가지고 소설을 썼더라도 다른 의미를 발견하고 이를 새롭게 해석할 때 보람도 있고 재미도 있지 않을까요?

그래서 우리는 작가의 이력이나 조선 시대 독자들의 감상보다 《사씨남정기》 자체에 더욱 귀를 기울이려고 합니다. '사정옥이라는 여자가 남쪽으로 간 이야기'를 읽으면서, 조선 시대 독자들이 읽어 냈던 것과는 다른 의미를 찾아보려 합니다. 김만중이 삼백여 년 전에 쓴 《사씨남정기》와 또 하나의 의미 있는 대화를 나눠 보려 합니다.

2009년 12월
김현양

차례

서남쪽은 이롭고 동북쪽은 이 롭 지   않   도   다

훨훨 떠나가는 여인이여!

놀라지도 말고 두려워하지도 마라

사 소저를 며느리로 맞이하다

중국 명나라 때 북경의 순천부에 유희(劉熙)라는 재상이 있었다. 그는 유기(劉基)의 후손으로, 사대조 할아버지가 북경에서 벼슬을 하여 순천부에 살게 되었다. 유희는 세종 황제를 모셨으며, 문장과 재주가 뛰어나 예부상서에 올랐다. 그런데 태학사 엄숭(嚴嵩)과 뜻이 맞지 않아 늙고 병들었다는 핑계를 대고 벼슬에서 물러나기를 청했다. 천자는 이를 허락하면서 특별히 태자소사라는 벼슬을 주어 그를 총애했다.

유 소사는 비록 조정의 일에 관여하지 않았지만, 당시의 사대부들은 그의 높은 절의를 숭상했다. 집안 대대로 재상 벼슬을 했기 때문에 유 소사의 집은 왕과 제후의 저택처럼 크고 으리으리했으며, 집안이 화목하고 평온해 사람들이 모두 부러워했다. 그렇지만 유 소사는 예를 지켜 공손하고 검소했으며, 법도에 따라 집안을 엄격히 다스렸다.

유 소사에게는 두강(杜强)의 아내가 되었다가 일찍이 홀로된 누이가 있었는데, 유 소사와 누이의 우애는 매우 돈독했다. 또한 유 소사에게는 아들이 하나 있었는데, 애지중지하면서도 엄하게 가르쳤다. 아들의 이름은 연수(延壽)로, 유 소사 부부가 나이 마흔이 넘어서 낳은 자식이었다. 그런데 어머니 최씨는 연수가 젖먹이였을 때 세상을 떠나고 말았다.

연수는 매우 잘생겼으며 열다섯 살에 이미 글을 훌륭하게 지을 수 있어 붓을 들면 줄줄 써 내려갔다. 유 소사는 이를 기특하게 여기며 죽은 아내가 이를 보지 못하는 것을 한탄했다. 유연수는 열네 살에 지방의 과거 시험에서 일등을 했으며, 열다섯 살에는 서울의 과거 시험에 합격했다. 시험을 주관한 관리는 유연수를 장원으로 뽑으려 했지만 나이가 어린 것이 마음에 걸려 삼등으로 내렸다. 그렇지만 유연수는 한림편수가 되었는데, 명성이 자자해 같은 또래들은 감히 바라보지도 못했다. 하지만 유연수는 스스로 상소를 올려 천자에게 청했다.

"저는 아직 나이도 어리고 배움도 부족하옵니다. 청컨대 관직을 떠나 십 년 동안 독서를 더 할까 하옵니다."

천자는 그 뜻을 가상히 여겨 조서를 내려 칭찬했다.

"특별히 한림편수의 직책을 유지한 채 오 년 동안의 말미를 갖도록 해 주겠노라. 성현의 글을 더 많이 읽고 임금을 보필하는 방법을 익히다가 스무 살이 되면 다시 조정에 들어오도록 해라."

유연수의 집안사람들은 모두 천자의 은혜에 감격했으며, 유 소사는 유연수에게 충의를 힘써 닦아 이에 보답하라고 거듭 당부했다.

유연수는 애초에 급제한 뒤에 아내를 얻으려고 했다. 그래서 혼인을 하려는 사람들이 많았으나 허락하지 않았다. 연수가 급제하자 유 소사는 훌륭한 며느리를 맞고 싶었다. 그래서 두 부인과 함께 도성 안의 매파들을 불러 모아 혼인할 만한 처자가 어디에 있는지 물었다. 매파들이 야단스럽게 허풍을 떨었으나 믿을 만하지 않았다. 그들 가운데 나이가 가장 많은 주씨 성을 가진 매파가 있었는데, 홀로 한마디도 하지 않고 있더니, 마침내 유 소사에게 고했다.

"사람들이 각자 자기가 본 바대로 말하나 이는 사실과 너무도 다르옵니다. 소인이 바른대로 말씀드리겠습니다. 소사께서 부귀와 형세를 보고 혼인하고자 하신다면 엄 승상의 손녀만 한 사람이 없을 것입니다. 그러나 어진 며느리를 고르려 하신다면 신성현에 사는, 지금은 돌아가신 사 급사 댁 처녀만 한 사람이 없을 것입니다. 이 두 처자 중에서 고르시옵소서."

* **예부상서(禮部尙書)** 의례, 과거 따위에 관한 일을 맡아보던 예부의 으뜸 벼슬.
* **태학사(太學士)** 나라에서 선발한 학식 있는 선비로, 국가의 기밀을 전담해 지위가 막중했다.
* **천자(天子)** 천제(天帝)의 아들, 즉 하늘을 대신하여 천하를 다스리는 사람이라는 뜻으로, 군주 국가의 최고 통치자인 황제를 이르는 말.
* **태자소사(太子少師)** 황제의 아들인 태자를 가르치던 스승.
* **한림편수(翰林編修)** 나라의 문서를 담당하던 한림원(翰林院)의 벼슬아치.
* **조서(詔書)** 임금의 명령을 일반에게 알릴 목적으로 적은 문서.
* **매파(媒婆)** 결혼이 이루어지도록 중간에서 소개해 주는 할멈.
* **승상(丞相)** 옛 중국의 벼슬로, 우리나라의 정승에 해당한다.
* **신성현(新城縣)** 중국 하북성(河北城)에 있었던 고을로, 북경 남쪽에 있었다.
* **급사(給事)** 천자를 보좌하던 벼슬.

"본래 부귀를 원했던 것이 아니라 오직 어진 사람을 택하려는 것이라네. 자네가 말한 신성현의 사 급사는 임금에게 바른말을 하다 귀양가 죽은 사담(謝潭)을 말하는 것일 테지. 사담은 청렴하고 정직한 선비였네. 그러니 그 댁과 혼인할 만하네만 그 처자가 어떤 사람인지 알 수 없으니……."

"소인의 사촌 여동생이 사 급사 댁 시비가 되어 그 처자에게 젖을 먹여 길렀사옵니다. 또 몇 해 전에는 소인이 마침 일이 있어 그 댁에 갔다가 사씨 처자를 본 적이 있습니다. 그때 열세 살이었는데, 성격이 어질고 너그러웠습니다. 미모를 말할 것 같으면 진실로 하늘에서 내려온 것 같았으니, 이 세상에 그 처자만 한 사람은 없사옵니다. 부녀자가 해야 하는 일에도 능숙하지 않은 것이 없습니다. 경전과 역사를 두루 공부했으니 글 짓는 재주는 남자 못지않을 것입니다. 소인만 그렇게 본 것이 아니라 제게 들리는 말들이 모두 그러했사옵니다."

두 부인은 이 말을 듣고 한참을 생각하더니 유 소사에게 말했다.

"우화암(雨花庵) 여승 묘희(妙喜)는 수행이 매우 높고 안목도 있사옵니다. 사오 년 전 제게 신성현 사 급사 댁 처자는 이 세상에서 보기 드문 사람이라고 말했습니다. 그때는 조카의 혼사를 위해 자못 귀를 기울여 들었으나 그 뒤에 잊어버려 오라버니에게 말씀드리지 못했습니다."

"누이가 들었던 말과 매파의 말로 미루어 보면 사 급사 댁 처자는

 • 시비(侍婢) 곁에서 시중을 드는 계집종.

분명히 어진 사람일 것이네. 그러나 인륜대사인 혼인을 허술히 해서는 안 되겠지. 어떻게 자세히 알 수 없겠는가?"

"좋은 생각이 있습니다. 저희 집에 당나라 사람이 그린 남해관음의 화상이 있사온데, 제가 본래 우화암에 보내려고 했던 것이옵니다. 지금 이것을 묘희에게 주어서 사 급사 댁으로 가지고 가게 해 그 처자가 손수 쓴 글을 받아 오게 하면 재주가 어떤지 알 수 있을 것입니다. 묘희가 처자를 직접 본다면 저를 속이기야 하겠습니까?"

"좋은 생각이네만 시험할 그림이 너무 어려워 여자가 그 글을 쉽게 지을 수 있을지 걱정이네."

"어려워서 지을 수 없다면 어찌 재주가 있다고 하겠습니까?"

그 말을 들은 유 소사는 다른 매파들을 모두 돌려보냈다.

두 부인은 우화암으로 사람을 보내 묘희를 불러왔다. 그리고 사씨 댁에 가서 해야 할 말을 일러 주며 관음 화상을 주어 신성현으로 보냈다. 묘희는 즉시 신성현으로 가서 사 급사 부인에게 뵙기를 청했다. 부인은 평소에 부처의 말씀을 공경했고 또 묘희가 전부터 그 댁을 출입했던 터라 바로 불러들였다. 인사를 나눈 뒤 부인이 묘희에게 물었다.

"여러 해 스님을 보지 못했는데, 오늘은 무슨 좋은 바람이 불어 이곳까지 오셨나요?"

"요 몇 해 동안 암자가 낡아 고치느라 틈을 낼 수 없어 문안을 드리지 못했사옵니다. 이제 그 일이 끝나서 부인에게 보시를 청하고자 찾아왔습니다."

"부처님을 모시는 일에 쓴다는데 어찌 아끼겠소? 그러나 가난한 집이라 재물이 없어 내 마음처럼 하기는 어려울 것이오. 또한 스님께서 구하는 것이 무엇인지도 모르겠고……."

"소승이 구하는 것은 부인께서 힘들이지 않고 주실 수 있는 것이나, 소승에게는 금이나 옥보다 귀중한 것이옵니다."

"말씀해 보세요."

"소승이 암자를 다 고치고 난 뒤 어느 댁에서 당나라 때의 관음 화상을 보내 주셨습니다. 그런데 그 그림에는 이름을 알 만한 사람이 쓴 글이 없는 것이 흠이었습니다. 사 소저가 친필로 시를 한 수 써 준다면 길이 산문의 보배로 삼을 것이오니, 그 공덕은 수많은 보물을 보시하는 것보다 나을 것입니다."

"내 딸이 비록 옛글을 두루 읽었다고는 하나 과연 글을 지을 수 있을지 모르겠소. 물어는 보리다."

부인은 바로 곁에 있던 시비에게 명하여 소저를 불렀다. 소저가 나와 인사를 하자, 묘희는 깜짝 놀랐다.

'관음보살이 따로 없구나! 세상에 어찌 저와 같은 사람이 있단 말인가?'

---

* **남해관음(南海觀音)** 자비의 화신으로 일컬어지는 관세음보살(觀世音菩薩)을 이르는 말. 세상의 소리를 들어 알 수 있는 보살이므로 중생이 열심히 이 이름을 외면 도움을 받는다고 한다. '관음보살'이라고도 한다.
* **화상(畵像)** 사람의 얼굴을 그림으로 그린 것.
* **보시(布施)** 자비심으로 남에게 재물을 베풀어 주는 일.
* **소승(小僧)** 중이 자신을 낮추어 부르는 말.
* **소저(小姐)** '아가씨'를 한문 투로 이르는 말.
* **산문(山門)** 절 또는 절의 바깥문. 여기서는 묘희의 절을 가리킨다.

"소승이 사 년 전에 소저를 뵌 적이 있사온데 기억하시옵니까?"

묘희가 묻자 소저가 답했다.

"어찌 잊을 수 있겠습니까?"

부인이 소저를 돌아보며 말했다.

"스님이 멀리서 오셔서 네가 쓴 글을 얻고자 하시는구나. 쓸 수 있겠느냐?"

"스님께서 시문(詩文)을 구하고자 하시나, 구하는 사람에게나 응하는 사람에게나 다 무익하옵니다. 게다가 시문을 짓는 것은 여자가 경계해야 할 일이니 스님의 청을 따를 수 없습니다."

"소승이 구하려는 것은 무익한 시문이 아닙니다. 관음 화상을 얻었기에 훌륭한 문장으로 관세음보살의 공덕을 칭송하려는 것입니다. 소승이 가만히 생각해 보니 관세음보살은 여자의 몸인지라 재주가 뛰어난 여자가 쓴 시문을 얻어야만 서로 맞는 것입니다. 지금 소저가 아니면 누가 이 시문을 지을 수 있겠습니까? 바라건대 소저는 물리치지 마옵소서."

부인도 묘희를 거들었다.

"네가 재주가 부족하다면 어쩔 수 없지만 지을 수 있다면 이는 무익한 시문을 짓는 것과는 다를 것이다."

"그러면 그림이나 한번 보도록 하지요."

묘희는 함께 온 사람에게 가지고 온 큰 족자를 펼치도록 했다. 파도가 끝도 없이 치는 바다 한가운데에 외로운 섬이 있었다. 흰옷을 입은 관세음보살이 구슬을 꿴 목걸이도 두르지 않고 머리도 빗지 않은 채 선재동자와 함께 대나무 숲을 헤치고 앉아 있었는데, 정밀하면서도 교묘하게 그려져 마치 살아 있는 사람 같았다.

소저가 말했다.

"제가 배운 것은 오직 공자(孔子)의 말씀을 전하는 책뿐이라 부처의 말씀은 잘 알지 못합니다. 억지로 짓는다 해도 스님의 눈에 차지 않을까 걱정되옵니다."

"소승은 푸른 연잎과 흰 연꽃은 뿌리가 같고 공자와 부처는 모두 성인이라고 들었습니다. 소저가 공자의 말씀으로 보살을 칭송하신다면 그 또한 기특한 일이 될 것이옵니다."

소저는 손을 씻고 향불을 피운 뒤 붓을 들어 관세음보살을 기리는 글 백스물여덟 자를 지어 작은 글씨로 족자 위에 써넣었다. 또 그 아래에 '사정옥(射貞玉)이 두 번 절하고 쓰다.'라고 적었다. 묘희도 글을 아는 사람이라 기쁜 마음을 이길 수 없어 부인과 소저에게 수없이 고마움을 표하고 돌아갔다.

그때 유 소사는 두 부인과 함께 앉아 묘희가 돌아오기만을 기다리고 있었다. 웃음을 머금은 묘희가 족자를 들고 인사를 올리자 유 소사와 두 부인이 일시에 물었다.

"소저를 만나 보셨는가?"

---

* 족자(簇子) 그림이나 글씨 따위를 벽에 걸거나 말아 둘 수 있게 한 것.
* 선재동자(善才童子) 부처의 제자로 불경에 나오는 젊은 구도자의 이름. 흔히 선재(善財)로 쓴다.

"어찌 볼 수 없었겠습니까?"

"모습은 어떠하던가?"

"마치 족자 안에 있는 관세음보살 같았습니다."

계속해서 묘희는 사씨 댁에 가서 주고받은 말들을 빠짐없이 전했다. 유 소사는 크게 기뻐하며 말했다.

"이로 보건대 사 급사 댁 규수는 재주와 용모뿐만 아니라 덕성과 식견도 남들보다 뛰어나겠구나! 지은 글이 과연 어떤지 궁금하도다!"

유 소사가 족자를 받아 마루 가운데에 걸고 가까이 다가가 살펴보니 조금도 흠잡을 곳이 없었다. 감탄하고 또 감탄하며 그 글을 다 읽은 유 소사는 깜짝 놀란 얼굴로 말했다.

"기묘하고도 기묘하도다! 예로부터 관세음보살을 기리는 글을 지은 사람은 많았으나 이처럼 제대로 쓴 것은 없었도다! 나이 어린 여자의 식견이 이처럼 뛰어날 줄 어찌 알았겠느냐!"

유 소사가 두 부인에게 말했다.

"내 아이의 배필로 정했네."

그러고는 유연수를 불러 그 글을 보여 주며 말했다.

"너도 이렇게 쓸 수 있겠느냐?"

유연수도 마음속으로 탄복해 마지않았다.

묘희가 두 부인에게 하직 인사를 드리며 말했다.

"사 소저와 혼례를 치를 때까지 기다렸다가 경사를 축하해야 마땅하겠으나, 남악에 계신 스승께서 편지를 보내시어 어지러운 속세에 오래 머물지 말고 빨리 돌아와 경전을 닦으라고 하시니, 날이 밝으면 떠나고자 합니다. 관세음보살의 그림을 가져다가 절에 두고자 감히 청하옵니다.”

두 부인이 말했다.

“스님은 불도를 닦으셔야 하니 서운하다 해서 가지 못하게 붙들 수야 있겠소? 또한 이 그림은 원래 스님에게 보시하려던 것이니 어찌 아까워하겠소?”

유 소사도 금은을 주어 노자에 보태게 했다. 묘희는 고마움에 인사를 올리고 길을 떠났다.

유 소사는 사 급사 댁에 남자가 없으니 매파를 통해 혼사를 의논하리라 생각하고 매파를 보내 혼인할 뜻을 전했다. 사 급사 부인이 매파를 불러들여 만나 보니, 매파는 먼저 유 소사 가문이 대대로 부귀하며 유 한림의 문장과 풍류가 뛰어남을 칭송했다.

매파는 이어서 말했다.

“어느 재상인들 유 소사에게 혼인을 청하지 않았겠습니까? 그러나 유 소사께서는 사 소저의 용모가 매우 아름다우며 재주와 덕성이 출중하다는 말을 듣고 소인에게 중매하도록 한 것입니다. 소저께서 유 소사 댁과 혼인하면 지체 높은 가문의 며느리가 되시는 것입니다. 부인의 생각은 어떠신지요?”

---

* **남악(南嶽)** 중국의 이름난 다섯 산 가운데 하나인 형산(衡山)의 다른 이름.

부인은 매우 기뻤지만 사 소저와 의논하기 위해 매파를 기다리게 한 뒤 몸소 소저가 있는 방으로 갔다.

부인은 매파가 했던 말을 사 소저에게 알려 주었다.

"네 생각은 어떤지 숨기지 말고 말해 보거라."

"유 소사는 어진 재상이라 하니 혼인을 해도 마땅할 것입니다. 그런데 매파의 말에 의심스러운 것이 있습니다. 소녀는 '군자는 덕(德)을 귀하게 여기지만 미색(美色)은 천하게 여기고, 숙녀는 덕으로 시집을 가며 미색으로 남편을 섬기지는 않는다.'라고 들었습니다. 매파가 소녀의 미색을 먼저 칭찬했으나 그것은 저를 부끄럽게 하는 말입니다. 게다가 유 소사 댁의 부귀는 크게 자랑하면서 우리 집안의 훌륭한 덕에 대해서는 전혀 말하지 않았습니다. 매파가 미천한 사람이라 유 소사의 뜻을 제대로 전하지 못한 것이 아니라면 유 소사가 어진 사람이란 말은 크게 잘못된 것이겠지요. 그렇다면 소녀는 그 댁에 시집가지 않겠습니다."

평소에 딸을 몹시 사랑하는 부인이 어찌 그 뜻을 어기겠는가? 매파에게 나아가 말했다.

"유 소사께서는 우리 딸의 재주와 미색에 대해 잘못 들으셨소. 우리 딸은 가난한 집에서 나고 자라, 손수 옷감을 짜고 바느질을 하면서 여자들이 해야 할 일만 조금 익혔을 뿐이니, 어찌 용모가 화려하고 잘 꾸몄겠소. 혼인한 뒤에 듣던 것과 다르다고 하여 죄를 얻을까 두려우니, 돌아가 이 말을 전해 주기 바라오."

매파는 그 말을 듣고 매우 이상하게 여겼다. 그래서 흔쾌히 승낙해 주십사 두세 차례 청했으나 부인의 대답은 한결같았다. 매파는 돌아가 유 소사에게 그대로 아뢰었다. 유 소사는 자못 불쾌해 한참 동안 골똘히 생각하다 매파에게 물었다.

"처음에 자네가 무엇이라 말했는가?"

매파가 자신이 한 말을 그대로 옮기자 유 소사는 알겠다는 듯 웃으며 말했다.

"내가 자네에게 미처 일러 주지 못한 게 있네. 자네는 물러가 있게."

유 소사는 다음 날 친히 신성현으로 가서 현령을 만나 사 급사 댁에 청혼하는 일을 의논했다.

"매파를 보내 혼인할 뜻을 알렸는데, 그 댁에서 대답하기를 이러저러했습니다. 매파가 실언을 한 것이 분명하오니, 수고스럽겠지만 현령께서 사 급사 댁에 가 주셔야겠습니다."

"유 소사께서 시키시는데 감히 따르지 않겠습니까? 다만 어떻게 말씀드려야 할지 모르겠습니다."

"다른 말씀은 하실 것이 없습니다. 오직 '돌아가신 사 급사의 높은 명망을 흠모하며 또한 소저가 부녀자의 덕행을 갖추었다고 들었다.'라는 말씀만 하십시오. 그러면 틀림없이 허락할 것입니다."

"말씀하신 대로 하겠습니다."

현령은 아전을 사 급사 댁으로 보내, 현령께서 찾아올 것이라고 알

● **현령**(縣令) 고을을 맡아 다스리던 관리.
● **아전**(衙前) 벼슬아치 밑에서 일을 보던 사람.

렸다. 사 급사 부인은 혼사 때문이라는 것을 알고 사랑채를 청소하고 현령을 기다렸다.

다음 날 아침에 현령이 오자, 사 소저의 유모가 사 소저의 남동생 희랑(喜郎)을 안고 나와 현령을 맞이했다. 현령이 사랑채 마루에 앉자 유모가 말했다.

"주인께서는 세상을 떠나셨고 어린 주인께서는 나이가 어려 아직 손님을 접대할 줄 모르십니다. 현령께서는 무슨 일로 오셨습니까?"

"다른 일이 아니라 어제 유 소사께서 관아에 오셔서 내게 말씀하시기를, '아들의 혼사로 처자가 있는 집을 방문한 것이 적지 않았으나 하나도 마음에 들지 않았습니다. 사 급사 댁 처자는 차분하고 정숙하며 학덕이 높고 어진 풍모를 지녔다고 들었는데, 진정 내가 찾는 사람입니다. 게다가 돌아가신 사 급사의 높은 명망과 곧은 절개를 평소에 우러러 흠모하던 바였습니다. 그래서 매파를 보냈으나 좋은 대답을 들을 수 없었습니다. 매파가 실언을 해 그렇게 되었을 것입니다.'라고 하셨네. 이제 나를 중매 삼아 두 집안의 혼인을 맺으려 하시니, 참으로 좋은 일이네. 부인께 아뢰어 허락하는 말을 듣기 바란다네."

유모는 안채로 들어갔다가 곧 나와 부인의 말을 전했다.

"현령께서 어린 딸의 혼사를 위해 누추한 집까지 오셨으니 참으로

● **사랑채** 바깥주인이 거처하며 손님을 접대하는 사랑으로 쓰는 집채.
● **관아**(官衙) 예전에 벼슬아치들이 나랏일을 처리하던 곳.
● **안채** 한 집 안에 두 채 이상의 집이 있을 때, 안에 있는 집채. 주로 안주인이 거처하는 곳.

황공하옵니다. 말씀하신 유 소사 댁과의 혼사는 감당하지 못할까 두려울 뿐이나 어찌 명을 어기겠습니까?"

　현령은 유 소사에게 편지를 보내 그 사실을 알렸다. 유 소사는 크게 기뻐하며 혼인할 날을 정했으며, 유 한림은 예를 갖추어 신부를 맞이했다. 사 소저 같은 훌륭한 신부를 맞이하는 것을 부러워하지 않는 이가 없었다.

두 부인의 충고

유 한림은 사 소저와 혼인했으니, 이는 참으로 덕과 학식이 높은 군자와 품위 있고 정숙한 여자가 짝이 된 격이었다. 부부로서의 마음과 의리는 매우 깊었다. 혼인한 다음 날 대추와 밤을 받들고 유 소사에게 예를 갖추어 인사를 올렸으며, 사흘째 되는 날에는 집안의 사당에 올라가 조상님께 부부가 되었음을 아뢰었다.

그때 친척과 손님들은 모두들 사 소저를 줄곧 지켜보았다. 그들은 향기로운 난초가 봄바람에 흔들거리고 하얀 연꽃이 고요하고 맑은 가을 물에 비치는 광경만을 볼 수 있을 뿐이었다. 사 소저의 행동 하나하나가 예법에 조금도 어긋나지 않아 모두들 큰 소리로 칭찬했으며 유 소사도 치하했다. 예를 마치고 나서 유 소사는 신부를 불러 물었다.

"내가 일찍이 네가 지은 글을 보고 재주와 뜻이 높음을 알 수 있었도다. 생각해 보니 그런 글들이 더 많이 있을 듯하구나."

사 소저는 부끄러워 뒤로 물러나며 대답했다.

"글을 짓는 일은 여자가 해야 할 바가 아니옵니다. 아울러 재주와 기질이 재빠르지 못해 일찍이 지은 적이 없사옵니다. 관세음보살을 기린 글은 어머니의 명을 받아 마지못해 지은 것이옵니다. 형편없는 글을 보시리라고는 생각하지 못했습니다."

"글을 짓는 것이 여자가 해야 할 일이 아니라면 예로부터 현숙한 부인들 가운데 글을 읽지 않은 사람이 없었던 것은 무슨 까닭이냐?"

"착한 일을 본받고 악한 일을 경계하기 위한 것일 뿐이옵니다."

"이제 우리 집안에 시집왔으니 어떻게 남편을 받들려고 하느냐?"

"일찍이 아버지를 여의고 홀어머니의 지나친 사랑을 받아 배운 것이 전혀 없사옵니다. 그러나 어머니께서 저를 떠나보내면서 '반드시 공경하고 반드시 경계하여 남편의 뜻을 어기지 말라.' 하고 말씀하셨습니다. 그 말씀을 따른다면 아마도 큰 잘못을 저지르지는 않을 듯하옵니다."

"남편의 뜻을 어기지 않는 것이 아내의 도리라면, 남편에게 잘못이 있는 경우에도 따라야 한다는 말이냐?"

"그런 말이 아니옵니다. 옛말에 이르기를 부부의 도는 오륜을 고루 겸한다고 했습니다. 아들은 아비에게 바른말을 하고, 신하는 임금에

● 사당(祠堂) 조상의 신주(神主)를 모셔 놓은 집.
● 오륜(五倫) 유학(儒學)에서 사람이 지켜야 할 다섯 가지 도리. 부자유친(父子有親), 군신유의(君臣有義), 부부유별(夫婦有別), 장유유서(長幼有序), 붕우유신(朋友有信)을 이른다.

게 바른말을 하며, 형제는 서로 옳은 것을 권면하고, 친구는 서로 착한 것을 권유해야 한다고 하옵니다. 부부의 경우라 해서 어찌 유독 그렇지 않겠습니까? 그러나 예로부터 장부가 부인의 말을 들으면 이로움은 적고 해로움이 많았습니다. 암탉이 새벽에 울고 세상일에 밝은 여자가 나라를 기울게 하는 것을 경계해야 하옵니다."

유 소사가 손님들을 돌아보며 말했다.

"우리 며느리는 예전에 박학했던 반소 같은 사람입니다."

이어서 한림에게 말했다.

"어진 아내를 얻는 것은 중요한 일이다. 너를 내조할 아내를 얻었으니 내 다시 무엇을 걱정하겠느냐?"

유 소사는 시비에게 명하여 상자 속에서 거울 하나와 옥반지를 가져오게 하더니, 그것을 사 소저에게 주며 말했다.

"이것은 우리 집안에 대대로 내려오는 오래된 물건이니라. 네 명석함은 족히 거울과 같고 덕성은 가히 옥에 견줄 만하여 이것으로 내 마음을 표하고자 하노라."

사 소저는 일어나 절하고 그것을 받았다. 그날 유 소사와 손님들은 모두 크게 기뻐하며 취하도록 술을 마시다가 자리를 파했다.

유씨 가문에 들어간 사 소저는 시아버지를 효성을 다해 섬겼으며 종들을 은혜로운 마음으로 대했다. 제사를 정성으로 받들고 집안일

• **반소(班昭)** 중국 후한 때의 시인으로, 배운 것이 많고 학식이 깊은 여인이었다고 한다.

을 법도에 맞게 다스려, 집안은 물처럼 맑았으며 화창한 기운이 봄날 처럼 가득했다.

그런데 삼사 년 뒤 즐거움이 떠나고 슬픈 일이 찾아왔다. 유 소사가 병을 얻어 점차 위중해졌다. 유 한림 부부는 밤낮으로 곁에서 시중을 들었다. 옷도 갈아입지 않고 온 힘을 다해 약 수발을 들고 정성을 다 해 기도도 해 보았으나 아무런 효험을 볼 수 없었다. 유 소사는 두 사 람에게 다시 일어나지 못할 것이라 말한 뒤 두 부인을 불러 말했다.

"이제 누이와 영영 헤어지려고 하네. 누이도 조심할 나이니 지나치 게 슬퍼하지 말고 몸을 잘 돌보도록 하게. 연수가 아직 어리니 잘못이 있으면 반드시 가르치고 꾸짖어 주게."

다음에는 한림에게 말했다.

"길이 조상의 제사를 받들고 가문의 명예를 떨어뜨리지 마라. 충성 과 효도를 다하고 학문에 힘써 부모의 이름을 드높이도록 해라. 고모

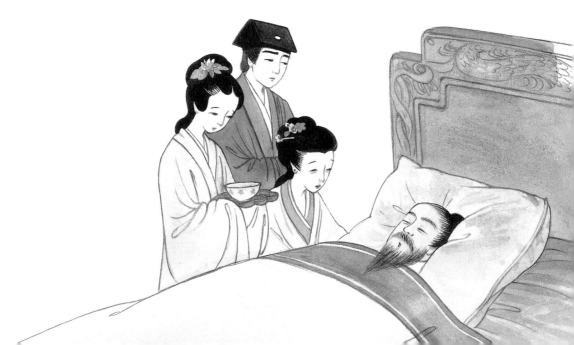

의 말을 내 말처럼 따르고 모든 일을 네 처와 의논해라. 네 처는 덕행과 식견이 보통 사람과 다르니 너를 옳지 않은 길로 가게 하지는 않을 것이다."

또 사씨에게 말했다.

"네 어진 품성에 경탄하며 감복하는 바이니 특별히 힘써 달라고 말할 것이 없구나. 오직 잘 지내기를 바라노라."

유 소사가 말을 마치자 세 사람은 눈물을 흘렸다.

그날 유 소사는 세상을 떠났다. 한림 부부는 몹시 슬퍼하며 좋은 날을 택해 도성 동쪽 선산에 장사를 지냈다. 친척과 조문객들은 한림 부부가 슬퍼하는 모습과 지극한 정성을 보며 감동했다.

세월은 물과 같이 흘러 삼 년이 지났다. 한림이 비로소 관직에 나아가자 천자는 그를 크게 쓰려 했다. 한림은 자주 상소를 올려 조정의 득실을 논했다. 그런데 엄 승상이 이를 달가워하지 않아 여러 해가 지나도 관직은 올라가지 않았다.

한림 부부는 둘 다 스물세 살이었다. 혼인한 지 십 년 가까이 지났는데도 자식이 없었다. 사씨는 자신이 너무 허약하여 아이를 낳아 기를 수 없을 것이라 생각하고 조용히 한림에게 소실을 둘 것을 권했다. 한림은 그 말이 진심이 아니라고 생각하고 웃으며 대답하지 않았다. 사씨는 한림 몰래 매파를 시켜 좋은 집안에서 쓸 만한 사람을 고르게 했다.

두 부인은 그 말을 듣고 몹시 놀라 사씨를 찾아가 말했다.

"듣자 하니 자네가 첩을 구한다고 하던데 그러하오?"

사씨가 말했다.

"그러하옵니다."

"집안에 첩을 두는 것은 근심과 재앙의 근본이네. 한 필 말에는 안장이 두 개 있을 수 없고 한 그릇 밥에는 수저가 두 개 있을 수 없는 법이지. 비록 한림이 첩을 원한다 하더라도 오히려 만류해야 하거늘 어찌 스스로 구한단 말인가?"

"제가 이 집안에 들어온 지 구 년이 되었으나 아직 자식이 없사옵니다. 옛 법도에 따르면 응당 내쫓겨야 할 터인데, 어찌 소실 두는 것을 꺼려 하오리까?"

"자식은 빨리 낳을 수도 있고 늦게 낳을 수도 있네. 다 하늘에 달린 일이지. 간혹 서른이나 마흔 살 이후에 자식을 낳는 사람도 있네. 자네는 이제 겨우 스물을 넘겼는데 어찌 그처럼 지나치게 걱정하는가?"

"저는 타고난 체질이 허약하옵니다. 아직 나이가 많은 것은 아니오나 혈기가 스무 살 이전만 못하옵니다. 달거리 또한 주기가 고르지 않으니, 이는 저만이 아는 일이옵니다. 게다가 처를 두고 또 첩을 두는 것은 흔한 일이기도 합니다. 비록 제게 《시경》에서 칭송하는 태사와 같은 덕은 없사오나 절대 질투를 일삼는 세속의 부녀자를 본받지는

- 선산(先山) 조상의 무덤이 있는 산.
- 소실(小室) 첩. 정식 아내 외에 데리고 사는 여자.
- 달거리 성숙한 여성의 생리 현상인 월경(月經)을 이르는 말.
- 《시경(詩經)》 유학의 다섯 가지 주요 경서(經書) 가운데 하나. 중국에서 가장 오래된 시집으로 공자가 편찬했다고 전해지나 확실하지 않다.
- 태사(太姒) 중국 주나라의 건국 시조인 문왕(文王)의 아내. 어질고 현숙한 부인으로 유명하다.

않을 것입니다."

"자네는 지금 내 말을 가볍게 여기고 있네. 내가 이 일의 이치를 태사의 일로써 깨우쳐 주겠네. 《시경》에서 질투하지 않는 태사의 덕을 칭송했지. 그러나 그것은 문왕이 여색(女色)을 좋아하지 않아 첩들이 원망하지 않았기 때문이네. 만약 문왕이 여색에 빠져 사랑을 고루 나눠 주지 않았다면, 태사가 비록 질투하지 않았더라도 궁중에 어찌 원망하는 말이 없었겠으며, 처첩 간에 어찌 분란이 없었겠는가? 옛날과 지금은 엄연히 다르네. 성인과 범인도 차이가 있는 것이고. 자네가 질투하지 않는 것만으로 《시경》에서 칭송하는 태사의 덕을 이루려 한다면 이는 헛된 명분만 추구하다가 실제로는 화를 당하는 격이 될 걸세."

"제가 어찌 감히 옛사람을 따라가겠습니까? 그러나 가만히 근래의 부녀자들을 살펴보니, 인륜을 멸시하고 성인을 모욕하며, 시부모에게 순종하지도 않고, 남편을 공경하지도 않습니다. 오직 질투만을 일삼아 가문을 어지럽히고 대를 끊어 조상의 제사를 받들지 못하게 하니, 저는 진실로 이를 분하고 부끄럽게 여기고 있었사옵니다. 비록 사람이 미약하여 그와 같은 속세의 일을 바로잡을 수는 없다 해도 어찌 그러한 잘못을 본받을 수야 있겠사옵니까? 저는 비록 어리석은 사람이지만 장부가 몸을 돌보지 않고 그릇되게 여색에 빠진다면 장부가 싫어하는 것을 무릅쓰고 힘써 간할 것입니다. 이는 또한 아녀자의 도리이옵니다."

두 부인은 더 이상 말릴 수 없음을 알고 탄식하여 말했다.

"새로 들어오는 사람이 착하다면 그나마 다행일 것이네. 착하지 않아 장부의 마음을 뺏기라도 한다면 어떤 일이 벌어지겠는가? 자네는 뒷날 반드시 내 말을 생각하게 될 것이네."

두 부인은 탄식을 하고 돌아갔다.

다음 날 매파가 사씨를 찾아왔다.

"마침 적당한 여자가 있긴 하나 부인께서 구하려는 사람보다 용모와 재주가 뛰어나 걱정이옵니다."

"무슨 말인가?"

"이 댁에서 첩을 구하려는 것은 상공이 여색을 좋아해서가 아니라 대를 잇기 위해서이옵니다. 그러니 아들을 낳을 수만 있다면 충분하옵니다. 그런데 그 여자는 용모와 재주가 모두 남들보다 훨씬 뛰어나 부인의 뜻에 맞지 않을까 걱정되옵니다."

사씨가 웃으며 말했다.

"매파가 나를 떠보려고 하는군요. 어떤 사람이기에 그러시오?"

"하간부 사람으로 성은 교(喬)이고, 이름은 채란(彩鸞)이라 하옵니다. 본시 벼슬하던 집안의 자식인데, 부모가 일찍 죽어 언니와 서로 의지하며 살고 있사옵니다. 나이는 열여섯인데, 그녀 스스로 가문이 쇠퇴했으니 가난한 선비의 처가 되기보다는 차라리 재상의 첩이 되는 것이 낫겠다고 말하니, 첩으로서는 얻기 어려운 조건의 사람이옵니다. 그 여자는 하간 지방에서 유명한 미인이며 길쌈에 능할 뿐만 아니라 책을 읽어 옛사람의 행실을 본받았사옵니다. 이 댁에서 반드시 좋은 사람을 구하려 한다면 그보다 더 나은 사람은 없을 것이옵니다."

사씨는 몹시 기뻐하며 말했다.

"벼슬한 집안의 여자는 미천한 집안의 여자와는 다르지. 참으로 내 마음에 꼭 드는 사람이네."

사씨가 매파의 말을 한림에게 고하자 한림이 말했다.

"내가 첩을 두는 것은 그렇게 급한 일이 아니오. 그러나 부인의 호의를 어길 수 없으니, 교씨 여자가 참으로 그와 같다면 그렇게 하지요."

사씨는 즉시 매파를 보내 그 뜻을 전하고 날을 잡아 친척을 불러 모은 뒤 교씨를 맞이했다.

교씨는 한림 부부와 친척들에게 예를 갖춰 인사를 올린 뒤 자리에 앉았다. 교씨의 자태가 화려하고 행동이 민첩하여 마치 해당화 가지가 이슬을 머금은 채 바람에 흔들리는 것 같았으므로 모두들 칭찬을 아끼지 않았다. 한림과 사씨 또한 흡족해 했으나 오직 두 부인만이 기뻐하지 않았다.

그날 저녁에 손님들이 모두 돌아가자, 시비가 교씨를 화원 가운데 있는 별당으로 인도해, 한림과 교씨는 잠자리를 함께했다.

두 부인은 집으로 돌아가지 않고 사씨에게 조용히 말했다.

"소실을 구하더라도 품성이 좋은 여자를 구해야 마땅했거늘, 저렇게 미모가 뛰어난 여자를 구했으니 자네에게 이롭지 못할 것이네. 성품이나 행실이 반드시 좋지 않을 것이야!"

* **하간부(河間府)** 중국 하북성(河北城)에 있던 고을.
* **길쌈** 실을 내어 옷감을 짜는 일을 통틀어 이르는 말.

"여자를 고를 때 용모를 우선해서는 안 되지요. 그렇지만 지나치게 못생겨 장부와 친근하게 지낼 수 없다면 자식이 어떻게 생기겠습니까? 위나라의 장강은 용모가 뛰어났음에도 그 덕 또한 고금에 드문 것이었습니다. 용모가 뛰어나게 아름답다 해서 어찌 모두 성품이나 행실이 나쁘겠습니까?"

"장강은 어진 사람이었으나 자식이 없었지."

두 사람은 마주 보며 웃었다.

한림은 교씨가 거처하는 집을 백자당(白子堂)이라 이름 짓고 납매(臘梅) 등 시비 네 명에게 시중을 들게 했다. 집안사람들은 교씨를 '교 낭자'라 불렀다. 교씨는 총명하고 영리해 유 한림의 뜻을 잘 받들었고 사씨를 잘 섬겼다. 집안사람들 모두 그녀를 칭찬했다.

반년도 채 지나지 않아 교씨는 아이를 가졌으며, 한림과 사씨는 매우 기뻐했다. 교씨는 아들을 낳지 못할까 두려워 여러 점쟁이들에게 물어보았다. 아들이라고 하는 사람도 있었고, 딸이라고 하는 사람도 있었으며, 아들이면 좋지 않은 일이 생기고 딸이면 좋은 일이 생긴다는 사람도 있었다. 교씨가 걱정을 하고 있는데 납매가 말했다.

"저의 이웃에 이십랑(李十娘)이라는 사람이 있사옵니다. 남쪽 지방에서 왔는데 기이한 재주가 많아 알아맞히지 못하는 것이 없으니 한번 불러서 물어보시지요."

교씨는 기뻐하며 즉시 이십랑을 불러 물었다.

"배 속의 아이가 남자인지 여자인지 알 수 있겠느냐?"

"알 수 있사옵니다."

이십랑은 손목의 맥을 짚어 보고 말했다.

"딸이옵니다."

교씨는 깜짝 놀랐다.

"한림이 나를 곁에 둔 것은 대를 잇기 위해서인데 딸을 낳는다면 차라리 낳지 않는 것만도 못해."

이십랑이 말했다.

"소인이 일찍이 범상치 않은 사람을 만나 딸을 아들로 바꾸는 법을 배웠사옵니다. 여러 번 해 보았는데 효험이 없었던 적이 없사옵니다. 낭자께서 아들을 얻고자 하신다면 그 방법을 써 보시는 것이 어떻겠사옵니까?"

교씨는 크게 기뻐하며 말했다.

"정말 효험이 있다면 마땅히 천금을 주어 사례할 것이네."

이십랑은 부적과 기괴한 물건을 많이 만들어 교씨의 방 이부자리 속에 숨겨 놓으며 말했다.

"아들 낳으시기를 기다렸다가 찾아뵙고 축하드리겠사옵니다."

열 달 뒤 교씨는 과연 아들을 낳았다. 아이는 얼굴이 깨끗하고 빼어났으며 피부가 마치 옥과 같았다. 한림과 사씨는 무척 기뻐했으며 주위 사람들 또한 축하해 주었다.

교씨가 아들을 낳은 뒤로 한림은 더욱 후하게 그녀를 대했다. 그리

• **장강**(莊姜) 중국 춘추 시대 위나라 장공(莊公)의 아내로, 매우 아름다웠다고 한다.

고 아이를 몹시 사랑해 아이의 이름을 '손 안의 보배로운 구슬'이라는 뜻의 장주(掌珠)라 불렀다.

늦은 봄 어느 날이었다. 화원에는 온갖 꽃들이 활짝 피어 풍경이 볼 만했다. 한림은 마침 천자를 모시고 연회에 참석해 돌아오지 않았다. 사씨가 홀로 책상에 기대어 앉아 옛글을 읽고 있었는데, 시비 춘방(春芳)이 아뢰었다.

"화원의 작은 정자에 지금 모란꽃이 활짝 피었사오니 한번 구경해 보시지요."

사씨는 즉시 책을 놓고 시비 대여섯 명을 거느리고 정자로 나갔다. 버드나무 그늘이 난간을 덮고 꽃향기가 옷에 배어드는 것이 화려하면서도 그윽하여 참으로 아름다운 풍경이었다. 사씨는 시비에게 차를 끓여 오라 하고 교씨를 불러 함께 봄빛을 즐기려 했다.

그때 바람결에 거문고 타는 소리가 들렸다. 느릿한 곡조에 소리가 처량해, 마치 구슬이 옥쟁반에서 구르고 물이 깊은 골짜기로 떨어지는 듯하여 듣는 사람의 마음을 움직였다. 사씨가 시비에게 물었다.

"거문고 소리가 특이하구나. 누가 연주하는 것이냐?"

"교 낭자의 연주이옵니다."

"교씨가 음악을 안다는 말을 듣지 못했도다. 오늘 우연히 연주한 것이냐 아니면 본래 연주하던 것이냐?"

"백자당은 안채에서 멀리 떨어져 있으니 부인께서 모르시는 것이 당연하옵니다. 낭자가 평소에 거문고 연주를 즐겨 하여 저희들은 여러 번 들었사옵니다."

사씨는 그 말을 듣고 나서 다시 귀를 기울였다. 잠시 뒤 거문고 소리가 그치고 다시 느린 노랫소리가 흘러나왔는데, 모두 당나라 때 사람이 지은 유명한 노래들이었다. 교씨는 연이어 두 곡을 노래했는데, 흙먼지를 일으키고 구름을 멈추게 하는 기막힌 솜씨였다. 사씨는 다 듣고 난 뒤 머리를 숙이고 한동안 깊이 생각하더니 시비 추향(秋香)을 보내 교씨에게 말을 전했다.

"마침 한가하여 화원에 나왔소. 낭자도 이곳에 한번 나와 보시오."

교씨가 즉시 추향과 함께 나오자 사씨는 자리를 내주고 함께 꽃을 감상하며 차를 마시다가 이렇게 말했다.

"낭자가 재주가 많다는 것은 알고 있었지만 그처럼 음악에 정통하리라고는 미처 생각하지 못했소. 거문고 연주로 명성이 자자한 채문희만 못하지 않구려."

교씨가 감사하며 말했다.

"천한 기예라 잘한다 할 수는 없지만 스스로 즐기는 정도는 되옵니다. 부인께서 들으시리라고는 생각하지 못했사옵니다."

"낭자의 거문고 소리는 정말 아름다웠소. 그러나 나와 낭자는 정으로는 형제 같고 의리로는 친구 같으니, 내 한 말씀 드리고자 하오."

"부인께서 가르침을 주시면 제게는 다행한 일이옵니다."

"낭자가 연주한 〈예상우의곡〉은 세상에서는 높이 평가되고 있지요. 그러나 그 곡이 지어진 것은 호화로움과 부귀가 극에 달했던 당나라 현종이 안녹산의 난을 만나 만 리 밖으로 쫓겨 갔던 때였어요. 양귀비는 세상 사람에게 조롱을 당했으며 마침내 마외(馬嵬)라는 곳에서 죽임을 당해 후대 사람들의 비웃음을 샀지요. 이러한 망국의 노래는 연주할 만한 것이 아닙니다. 또한 낭자는 손놀림이 가벼워 소리가 지나치게 슬프고 원망하는 듯하니, 사람의 마음을 움직일 수는 있어도 사람의 기운을 온화하게 하기에는 부족함이 있지요. 이는 옛날 곡조이기 때문에 그런 것은 아니에요. 또한 낭자가 부른 노래는 앵앵과 설도가 지은 시인데, 앵앵은 절개를 잃은 여자이고 설도는 창녀였소. 그 시가 비록 잘 지어진 것이라고는 하나 그 시를 지은 그들의 행실은 매우 비천한 것이었지요. 옛날이나 지금의 음악 가운데 우아한 곡조가 많고 당나라 때의 시 가운데 노래 부를 만한 것이 많은데, 낭자는 어찌 그런 곡조를 택하셨소?"

교씨는 크게 부끄러워 머뭇거리며 사죄했다.

"시골 여자라 남들이 하는 것을 보고 배웠을 뿐 저는 좋은지 나쁜지도 몰랐습니다. 부인께서 바른 도리를 가르쳐 주셨으니 그 말씀을 뼈에 새겨 잊지 않겠사옵니다."

사씨가 다시 교씨를 위로하며 말했다.

"내가 낭자를 사랑해서 말한 것이니 내게도 잘못이 있으면 낭자도 숨기지 말고 반드시 바로 말해 주세요."

사씨와 교씨는 봄빛을 즐기다 날이 저물자 자리를 피했다.

---

* **채문희(蔡文嬉)** 중국 후한 때 사람 채옹(蔡邕)의 아내로 음악에 정통했다고 한다.
* **〈예상우의곡(霓裳羽衣曲)〉** 중국 당나라 때 악곡(樂曲)의 명칭. 당 현종(玄宗)이 꿈에 천상(天上)에 가서 그곳의 노래와 춤을 보고 난 뒤 지은 것이라고 한다.
* **안녹산(安祿山)** 당나라 현종 때의 장수로 반란을 일으켰다가 죽임을 당했다.
* **양귀비(楊貴妃)** 당나라 현종이 총애했던 비(妃)로 매우 아름다웠다고 한다.
* **앵앵(鶯鶯)과 설도(薛濤)** 앵앵은 당나라 때의 전기(傳奇) 작품 《앵앵전(鶯鶯傳)》의 여주인공이고, 설도는 당나라 때의 여류 시인이다.

인현 왕후와 장 희빈을 다룬 첫 작품

김만중은 어머니를 위해 《구운몽》이라는 이야기책을 쓴 것으로 유명합니다. 그런데 당시 왕인 숙종을 위해서도 소설 한 편을 썼다고 전해지지요. 바로 《사씨남정기》입니다. 사대부들은 소설을 쓰지도, 읽지도 않던 조선 후기에 이 소설은 숙종의 귀에 들어갈 정도로 인기를 끌었다고 합니다. 그 인기의 비결은 무엇이었을까요? 바로 현실을 절묘하게 빗댄 소설의 정황 때문이었습니다.

숙종 역 - 유연수

숙종(1661~1720)은 조선 개국 이래 당파 싸움이 가장 심할 때 나라를 다스렸던 왕입니다. 45년간 집권하며 왕권 강화를 위해 애썼으나 당쟁은 점점 심해졌으며 그중에서도 인현 왕후 측 서인과 희빈 장씨 측 남인의 대립이 치열했지요. 숙종의 정비인 인현 왕후가 아이를 낳지 못하자 후궁인 장 희빈이 낳은 왕자를 세자로 책봉하는 문제로 남인과 서인의 대립은 극에 달합니다. 장 희빈에게 매료된 숙종은 정비인 인현 왕후를 폐위하고 그 자리에 장 희빈을 앉히지요. 이후 쫓겨났던 서인이 다시 정권을 장악하면서 인현 왕후가 복위되고, 장 희빈은 사사됩니다. 소설 속 유연수는 열다섯 살에 과거 급제를 할 정도로 영특했으나 첩으로 들어온 교채란의 음모에 넘어가 본 부인인 사정옥을 내쫓습니다. 뒤늦게 모든 것을 깨닫고 사씨를 다시 찾으며 교씨를 처형하는 모습이 숙종을 닮아 있지요.

인현 왕후 역 - 사정옥

인현 왕후 민씨(1667~1701)는 숙종의 두 번째 왕비입니다. 예의 바르고 정숙했으며, 서예와 글재주에도 능했다고 합니다. 하지만 입궁한 지 6년이 지나도록 아이를 낳지 못해 1689년에 폐출되었으며 1694년에 복위될 때까지 6년 동안 궁을 떠나 사가에서 지냈습니다. 1694년에 궁으로 돌아왔으나 8년 만인 1701년에 병으로 세상을 떠나지요. 인현 왕후를 왕비의 자리에서 끌어내린 희빈 장씨는 왕비가 죽은 후 두 달 뒤에 사사되었기 때문에 인현 왕후는 그 모습을 보지 못했습니다. 자신의 자리를 다시 찾아 행복한 삶을 누리게 되는 소설 속 사정옥과는 달리 비극적인 결말을 맞았다고 할 수 있지요. 인현 왕후의 고통과 슬픔은 소설 속 사씨를 통해서나마 짐작해 볼 수 있으며, 《인현 왕후전》이라는 한글 소설로도 그 안타까운 삶이 전해지고 있습니다.

장 희빈 역－교채란

희빈 장씨(1659~1701)는 궁녀로 입궁하여 숙종의 총애를 받아 후궁의 자리에 올랐으며 1688년, 서른 살이 다 된 숙종에게 첫 아들을 안겨 줍니다. 이 아이는 후에 조선 20대 왕인 경종이 되지요. 장 희빈은 남인 세력을 업고 정비의 자리에 오르지만 결국 인현 왕후의 죽음을 기원하는 저주 굿을 벌였다는 혐의를 받아 죽게 됩니다. 장 희빈은 여러 드라마와 영화에서 질투와 음모의 화신으로 그려졌지만 최근에는 권력 다툼의 정치적 희생양이었다는 평가도 나오고 있지요. 신분과 현실의 한계를 지니고도 정실부인의 자리에 오르기를 원했으며, 이를 이루어 내는 교채란의 모습은 희빈 장씨의 이야기와 맞닿아 있습니다.

왕을 깨우친 문인, 김만중

김만중(1637~1692)은 조선의 문신으로 서인이었습니다. 반대파였던 남인 세력의 희빈 장씨가 아들을 낳아 세자 책봉이 거론되자 이에 반대하다 관직을 박탈당하고 귀양 길에 오르지요. 김만중은 현실을 풍자하는 《사씨남정기》를 지어 인현 왕후가 본래의 자리로 돌아오길 바랐으며 일설에 따르면 숙종이 이 소설을 읽고 마음을 바꾸어 희빈 장씨의 사사를 결정했다고도 합니다. 하지만 정작 김만중은 인현 왕후의 복위와 장 희빈의 처형이 있기 2년 전에 귀양지에서 세상을 떠나 이를 지켜보지는 못했습니다.

서포 김만중의 초상화

무슨 짓이든 다 할 수 있어

그날 저녁 한림은 집으로 돌아와 백자당으로 갔는데, 술에 취해 잠을 이룰 수 없어 난간에 기대 앉아 있었다. 달빛이 대낮처럼 밝아 꽃 그림자가 창문에 가득했다. 한림은 교씨에게 노래를 부르도록 했으나 교씨는 감기에 걸려 목이 아프다며 사양했다. 한림이 다시 말했다.

"그렇다면 대신 거문고를 타게."

교씨가 또 따르지 않자 한림이 두세 차례 더 재촉했다. 그러자 교씨는 갑자기 앉은 자리가 젖을 정도로 펑펑 울었다. 한림은 이상하게 생각해 물었다.

"자네가 내 집에 들어온 뒤로 불평하는 기색을 본 적이 없었는데 오늘은 무슨 일로 이처럼 힘들어 하는가?"

교씨는 대답하지 않고 더욱 슬피 울었다. 한림이 까닭을 캐묻자 교씨가 말했다.

"물으시는데 대답하지 않으면 상공께 죄가 되고 대답을 하면 부인께 죄가 되니 대답하기도 어렵고 또한 대답하지 않기도 어렵사옵니다."

한림이 말했다.

"하기 어려운 말을 한다 해도 자네를 나무라지 않겠네. 숨기지 말고 말하게."

교씨는 눈물을 거두고 대답했다.

"저의 촌스런 노래와 상스러운 곡조는 본래 군자께서 들을 만한 것이 아니나 명을 받들고자 서툰 재주를 보여 드렸던 것이옵니다. 또한 조그마한 정성이나마 다하여 상공께서 보고 웃으시도록 하려는 것일 뿐이었사옵니다. 무슨 다른 뜻이 있었겠사옵니까? 그런데 오늘 아침 부인께서 저를 부르시더니, '상공께서 너를 얻은 것은 단지 후사를 잇기 위함이지 집안에 어여쁜 여자가 없어서가 아니다. 그런데도 너는 밤낮으로 얼굴만 꾸미고 있을 뿐 아니라 음란한 음악으로 장부의 마음을 홀려 돌아가신 시아버님께서 세우신 가풍을 무너뜨리고 있다고 하더구나. 이는 죽어 마땅한 죄로다. 경고하건대 행실을 고치지 않는다면 내 비록 힘은 없지만 아직까지는 여태후가 척 부인의 손발을 자르던 칼과 벙어리로 만들던 약을 가지고 있으니, 너는 행동을 각별히 조심하라.' 하고 꾸짖었사옵니다. 저는 본래 한미한 집안의 계집으로

---

* **여태후(呂太后)가 척 부인(戚夫人)의 손발을 자르던 칼과 벙어리로 만들던 약** 여태후는 중국 한나라 고조 (高祖)의 황후(皇后)로, 고조가 총애한 척 부인에게 가혹한 형벌을 가했다.

상공의 은혜를 입어 부귀와 영화가 이에 이르게 되었사옵니다. 지금 죽는다 해도 무슨 여한이 있겠사옵니까? 다만 저 때문에 상공의 청렴하고 고결하신 덕행을 사람들이 흠잡지나 않을까 두려워 감히 명을 따르지 않았던 것이옵니다."

이 말을 들은 한림은 의아해 했다.

'사씨는 항상 투기하지 않는다고 스스로 자부했지. 교씨를 너그럽게 대했으며 일찍이 교씨의 단점을 말하는 것을 들은 적이 없었어. 교씨가 거짓말을 한 것은 아닐까?'

한림은 한동안 말없이 생각하다가 교씨를 위로하며 말했다.

"내가 자네를 얻은 것은 부인이 권해 따른 것이었네. 또 부인이 일찍이 자네에 대해 좋지 않은 말을 한 적이 없었네. 아마 하인들 가운데 누군가 헐뜯는 말을 해 잠시 화가 나서 한 말일 게야. 그러나 본래 성품이 유순해 자네를 해치지는 않을 테니 걱정하지 말게. 내가 있는데, 어떻게 자네를 해칠 수 있겠는가?"

교씨는 끝내 마음을 놓지 않고 오직 한림에게 감사할 뿐이었다.

아아! 옛말에 이르기를 호랑이를 그릴 때는 뼈를 그리기 어렵고 사람을 사귈 때는 마음을 알기 어렵다고 했다. 교씨는 태도와 언행이 겸손하고 예의가 발라 사 부인은 교씨를 좋은 사람이라고만 여겼다. 경계하는 말을 한 것은 음란한 노래로 미혹하여 장부를 잘못되게 하지나 않을까 염려한 것이었으며 또한 교씨를 바른길로 이끌려고 했던 것이었다. 본디 사랑하는 마음에서 한 말이었지 조금이라도 시기하려는 마음은 없었던 것이다. 그런데 교씨는 분하고 억울한 마음을 품고 교

묘한 말로 헐뜯어 마침내 큰 재앙의 바탕을 만들었으니, 부부와 처첩 사이라는 것이 어찌 어렵지 않겠는가? 비록 한림이 교씨의 간사한 계교를 깨닫지는 못했지만 사씨의 마음도 의심하지 않았기에 교씨는 다시 비방할 수 없었다.

어느 날 납매가 교씨에게 고했다.

"방금 추향에게 들으니 사 부인께서 임신을 하셨다고 하옵니다."

교씨는 깜짝 놀라 말했다.

"결혼한 지 십 년이나 지난 뒤에 아이를 가졌다니 참으로 드문 일이로다. 달거리가 고르지 못한 것은 아니냐?"

교씨는 속으로 '사씨가 아들을 낳으면 나는 자연 보잘것없게 될 것이야'라는 생각을 했지만 어떻게 할 도리가 없었다.

한두 달 지나 사씨가 아이를 가진 것이 분명해지자 온 집안사람들이 모두 기뻐했다. 그러나 교씨만은 불만스럽게 여겨 납매와 함께 은밀히 음모를 꾸몄다. 낙태하는 약을 사서 사씨가 먹는 약 속에 몰래 섞어 놓았으나, 그 약을 마시자마자 갑자기 구역질을 하며 그대로 토해 버려 성공할 수 없었다.

사씨는 달이 차자 아들을 낳았다. 아이는 골격이 남달랐으며 풍채 또한 비범했다. 한림은 크게 기뻐하며 아이의 이름은 인아(麟兒)라 했다. 교씨는 인아를 해치고자 하는 마음을 가지고 있었으나 그렇게 할 수 없자 마지못해 사씨에게 나아가 축하 인사를 올리며 겉으로는 기뻐하는 표정을 지었다. 한림과 사씨는 그것을 진심이라 생각했다.

인아가 점점 자라 장주와 한곳에서 놀고 있었다. 인아는 비록 어리기는 했으나 활달한 기개나 풍모가 남달라 장주가 잘생기기만 한 것과는 달랐다.

하루는 한림이 밖에서 돌아와 옷도 벗기 전에 인아를 안고는 말했다.

"이 아이는 이마 모양이 할아버지와 꼭 닮았어. 앞으로 우리 가문을 크게 할 거야."

그러더니 유모에게 말했다.

"잘 돌봐 주도록 해라."

그러자 장주의 유모는 장주를 안고 교씨에게 달려가 억울해 하며 말했다.

"상공이 유독 인아만을 사랑스럽게 어루만지며 앞으로 훌륭하게 될 거라 하셨으나 장주는 보고도 못 본 체하였사옵니다."

유모가 슬퍼하며 눈물까지 흘리자 교씨는 더욱 고민하면서 생각했다.

'내가 사씨보다 외모가 더 아름답지도 않을 뿐만 아니라 처와 첩의 차이도 크다. 나는 아들을 낳았고 사씨는 아이가 없었기에 좋은 대접을 받은 것이었지. 이제 사씨가 낳은 아이가 앞으로 이 집안의 주인이 되면 내 아이는 아무 쓸모가 없게 될 것이야. 사씨가 겉으로는 어진 척하지만 화원에서 나를 꾸짖었던 말은 분명히 시기하는 것이었어. 사씨가 나를 헐뜯는다면 한림이 사씨를 믿고 있으니 어찌 내 신세를 염려하지 않겠는가?'

교씨는 다시 이십랑을 불러 의논했다. 이십랑은 전에 이미 교씨에게 금은을 많이 받았으므로 서로 한마음이 되어 간악한 음모와 계교를

꾸몄다. 워낙 은밀하게 일을 꾸며 눈치챈 사람이 아무도 없었다.

어느 날 한림이 조정에서 집으로 돌아오니 마침 이부의 석 낭중에게서 한 사람을 천거하는 편지가 와 있었다.

소주 지방의 수재인 동청(董靑)은 품행이 단정한 남쪽 지방의 선비입니다. 인생이 기구하여 한 번도 과거에 급제하지 못했고 집안도 본래 가난하여 남에게 의지하여 살아왔습니다. 근래에는 제 집에 의탁하고 있었는데, 제가 지금 산서(山西) 지방 학관이 되어 한동안 멀리 떠나 의탁할 곳이 없게 되었습니다. 그리하여 선생 문하에 문서를 수발하는 사람이 없는 것이 생각났습니다. 그 사람은 글을 잘 쓸 뿐만 아니라 사람을 대하는 일도 재빠르게 잘 처리합니다. 실제로 일을 시켜 보시면 재주를 알게 될 것입니다. 이에 몸소 찾아가 뵙게 했으니 즉시 부르시기 바랍니다.

동청은 본래 벼슬하던 집안의 자제였다. 부모가 일찍 죽자, 못된 짓을 일삼던 친구들을 따라다니며 장기를 두고 술을 마시며 가산을 탕진해 돌아갈 곳도 없었다. 이리저리 떠돌다 서울로 가 벼슬아치들에게 의탁하여 입에 풀칠을 했다. 그러나 잘생긴 용모에 말재주가 뛰어났고 글을 잘 써 사대부들이 처음에는 아끼지 않는 사람이 없었다. 그러나 조금 있다 보면 자식을 꾀어 옳지 않은 일을 하게 만들기도 하고 때로는 불미스런 말을 집안에 퍼뜨려, 가는 곳마다 오래 있지 못했다. 석 낭중도 그를 싫어하게 되었지만 죄를 드러내고 싶지도 않았다. 그래서 마침 지방으로 벼슬살이하러 가게 되자 한림에게 천거했던 것이다.

한림은 나랏일을 오랫동안 해 온 터라 응답해야 할 글들이 많이 쌓여 있었으나 집안에 실제로 글을 잘 쓰는 사람이 없었다. 그래서 석 낭중의 편지를 보고는 동청을 만나 보았다. 동청은 물이 흘러가듯 말을 잘했다. 한림은 크게 기뻐하며 그를 집 안에 두고 문서 작성을 돕는 일을 맡겼다. 동청은 본성이 영리해 한림의 뜻에 맞게 일을 잘 처

* **이부(吏部)** 육부(六部) 가운데 관원의 인사를 담당하던 관아.
* **낭중(郎中)** 육부의 상서(尙書)를 보좌하던 벼슬아치.
* **학관(學官)** 교육을 맡아 하던 벼슬아치.

리했다. 한림은 동청을 신임해 그의 말이라면 그대로 들어주었다.

사씨는 동청에 대한 소문을 듣고 이를 한림에게 아뢰었다.

"동청은 단정한 사람이 아닙니다. 여러 차례 다른 집에서 쫓겨나 궁한 나머지 이곳으로 온 것입니다. 상공께서는 잘 살펴보옵소서."

"나 역시 그 소문을 들었소. 그러나 글을 잘 쓰기 때문에 내 수고를 대신하게 하려는 것일 뿐이오. 동청이 내 친구가 아닌데 단정한지 그렇지 않은지를 따져서 무엇하겠소?"

"상공께서 동청과 친구는 아니나 바르지 못한 사람과 함께 지내면 자연히 사람의 마음을 잘못되게 할 것입니다. 또한 집 안에 두는 것은 집안의 법도를 엄히 따르는 것이 아닙니다. 시아버님께서 살아 계셨다면 어찌 이와 같은 일이 있었겠습니까?"

"부인의 말이 옳소. 하지만 세간에는 남을 헐뜯는 나쁜 습속이 있어요. 동청이 비방을 당하는 것도 어쩌면 억울한 일일 수 있지요. 함께 더 지내 보면 자연히 됨됨이를 알게 되겠지요."

교씨는 사씨가 동청을 좋게 보지 않지만 한림이 그를 신임하고 있다는 것을 알고 있었다. 그래서 동청을 한패로 만들어 도움을 받으려고 납매를 시켜 은밀히 동청과 정을 통하게 하고는 그와 자주 일을 꾸몄다.

예로부터 부녀자가 거처하는 곳에서 한번 도리에 맞지 않는 일이 생기면 끝이 없게 된다. 이십랑은 교씨를 도와 남자를 유혹하는 방술을 알려 주었고 그때부터 한림은 교씨에게 빠져들었다. 사씨는 이를 걱정했으나 어찌할 도리가 없었다. 오직 혼자서 깊이 걱정할 뿐 감히 표정이나 말로 드러내지 못했다.

교씨가 또 이십랑에게 말했다.

"여자의 몸으로 일단 남의 아랫사람이 되면 하루도 마음 편할 날이 없네. 앞으로 복을 받을지 화를 당할지도 전혀 알 수 없지. 자네가 내게 기이한 방술을 알려 주어 효험을 많이 봤네. 요즈음 생각해 보니 사대부 집안에서 자주 남을 저주하는 일이 일어나더군. 자네는 당연히 그 방술을 알고 있을 테니, 두 사람을 없앨 방법을 알려 주면 죽기 전에 은혜를 갚을 것이네."

이십랑은 한동안 생각하더니 말했다.

"그 일은 참으로 어려운 일입니다. 원하시는 대로 저주를 하면 병이 들거나 죽게 될 것이옵니다. 이 댁에는 사람이 많이 드나드니 병의 원인을 밝히기 어렵겠지만 만일 밝혀지게 되면 저는 죽게 되옵니다. 이 집안에 사씨 모자(母子)와 원수질 사람이 낭자가 아니면 또 누가 있겠습니까? 은밀히 남을 해치려 하다가 도리어 자신이 화를 당할 수 있으니 쉽게 할 수 있는 일이 아니옵니다. 그러나 계책이 하나 있사옵니다. 훗날 아드님이 가벼운 병에 걸리면 낭자께서도 병에 걸렸다고 한참 동안 누워 계시다가 사 부인이 낭자와 아드님을 해치려고 하는 글을 거짓으로 만들어 우연히 그것을 발견한 척하십시오. 한림은 반드시 사 부인을 의심할 것이옵니다. 계속해서 여러 경로로 한림에게 사 부인을 모함하는 말을 한다면 어찌 낭자의 뜻을 이루지 못하겠사옵니까?"

교씨는 크게 기뻐하며 이십랑에게 후하게 사례하고는 때를 기다렸다.

몇 달 뒤 마침 장주가 감기에 걸려 젖을 토하고 깜짝깜짝 놀라자 한림은 의원을 불러 병을 고치려 했다. 그러나 교씨는 이십랑이 말한 계교를 실행하고자 납매에게 말했다.

"사씨가 우리 모자를 저주하는 글을 위조하려면 반드시 똑같은 필체로 써야 한다. 이 일은 동청이 아니면 할 수 없으니, 동청에게 가서 그 일을 의논해라. 만일 동청이 하지 않겠다고 하면 헤아릴 수 없이 큰 재앙이 될 것이로다."

"동청은 사씨를 원망하고 있고 낭자에게는 은혜에 감사하는 마음을 가지고 있습니다. 누설할 리 없고 오히려 즐겨 따를 것입니다."

"옛날에 진나라 황후는 사마상여의 글을 얻고는 황금으로 보답했어. 이 일이 성사되면 동청의 공은 사마상여보다 배가 될 거야. 내가 가난하다 해도 어찌 재물을 아끼겠느냐? 너는 내 뜻을 틀림없이 전하여라."

이어 교씨는 사씨의 필적을 가져다 납매에게 주었다.

그날 밤 동청을 만난 납매는 다음 날 아침 일찍 웃음을 띠며 교씨의 침실로 갔다. 교씨는 납매가 오기를 고대하고 있다가 다급히 물었다.

"일이 잘되었느냐?"

"다행히 승낙을 얻어 내긴 했으나 대가를 지나치게 요구하옵니다."

"이미 말하지 않았느냐. 정말 내게 이로움이 있다면 어찌 보화를 아까워하겠느냐?"

"그런 것을 말씀드린 것이 아닙니다."

이어 납매는 교씨의 귀에 대고 은밀히 동청의 요구를 말했다. 교씨는 미소만 지을 뿐 대답은 하지 않았다.

아! 예전에 성인이 예법을 정해 부녀자가 지켜야 할 법도를 엄하게 하여, 집 안의 말은 바깥으로 나가지도 못하고 바깥의 말은 집 안으로 들어오지도 못하게 했으며, 몸을 닦고 집안을 다스려 음란한 소리를 물리치고 아첨하는 사람을 멀리하게 했다. 이는 모두 근본을 바르게 하여 잘못을 미리 막으려는 것이었다. 그런데 한림은 안으로는 간악한 첩의 유혹에 빠졌으며 밖으로는 품행이 바르지 못한 사람을 곁에 두었다. 마침내 흉악한 종이 그 둘 사이를 오가며 추하고 더러운 일을 만들어 가문을 욕되게 했으니, 어찌 원통하고 분하지 않겠는가?

교씨가 거처하는 백자당은 집 바깥과 단지 담장 하나를 사이에 두고 있었으며, 백자당으로 들어가는 화원 문의 자물쇠도 교씨가 가지고 있었다. 한림이 안채에서 자는 날이면 교씨는 공공연히 동청과 정을 통했다. 그러나 세 사람이 모두 교활하여 그 일은 전혀 드러나지 않았다. 집안사람들 모두 어리석게도 이를 알지 못했다.

---

* **사마상여**(司馬相如) 중국 한나라 무제(武帝) 때의 문인. 글을 잘 지어 이후 문인들의 모범이 되었다.

옥반지의 흉계

한림은 진정으로 장주의 병을 걱정했다. 교씨 또한 병을 핑계로 여러 날 음식을 먹지 않았으며 밤에는 헛소리까지 해 한림은 더욱 마음이 편치 않았다.

어느 날 납매가 부엌 바닥에서 뼈 한 봉지와 작은 글씨가 적힌 종이를 주워 교씨에게 바쳤다. 한림과 교씨가 같이 보더니 얼굴이 흙빛이 되어 한동안 말을 하지 못했다. 천천히 그 글을 보니 장주와 교씨를 저주한 것으로, 그 말이 몹시 흉악하고 참혹했다. 교씨가 울면서 말했다.

"첩은 열여섯에 상공의 집안으로 들어와 어느덧 사 년이 지났습니다. 그동안 다른 사람들을 공손하게 대했는데, 누가 우리 모자를 해치려고 이런 짓을 했는지 모르겠습니다."

한림은 필체를 자세히 살펴보더니 생각에 잠겨 말을 하지 않았다.

교씨가 말했다.

"이 일을 어떻게 처리하실 것이옵니까?"

한림은 또 아무 말 없이 있다가 마침내 입을 열었다.

"이 일은 자세히 알 수가 없네. 그러니 범인을 잡으려고 하다가는 죄 없는 사람을 다치게 할지도 몰라. 이제 찾아냈으니 해로운 일은 생기지 않을 걸세. 그러니 이 물건들을 불에 태워 집안을 평안하게 하는 것이 좋겠네."

교씨가 대답했다.

"상공의 말씀이 지당하옵니다."

한림은 납매에게 단단히 일렀다.

"이 일을 절대 입 밖에 내지 마라."

한림이 일어나 나가자 납매가 교씨에게 말했다.

"낭자께서 일을 잘못 처리하셨사옵니다."

교씨가 말했다.

"이번에는 상공께서 사씨를 의심하게 만들었을 뿐이야. 끝까지 이 일을 밝혀야 한다고 했으면 오히려 좋지 않았을 수도 있어. 상공의 마음이 흔들렸으니 천천히 새로운 계책을 쓰면 되겠지."

한림은 저주하는 글의 글씨가 사씨의 필체와 같다고 생각했으며 마침내 사씨를 의심하는 마음이 크게 일어났다. 그렇지만 난처한 일이 벌어질까 염려해 불태워서 흔적을 없애도록 한 것이었다.

한림은 속으로 생각했다.

'지난번에 교씨가 부인이 투기한다고 했지만 믿지 않았는데 이렇게 흉악하고 참혹한 일을 하다니. 처음에는 아이가 없는 것을 걱정해 교씨를 얻도록 권했지만 이제 아이를 낳았으니 교씨 모자를 해치고자 하는 것이겠지.'

그때부터 사씨에 대한 한림의 마음이 전과 같지 않게 되었다. 그렇지만 마음속에 담아 둘 뿐 겉으로 드러내지는 않았다.

그때 신성현의 사씨 어머니는 중병이 들어 딸에게 보고 싶다는 편지를 보냈다. 사씨는 어머니가 돌아가실지도 모르는 사정을 한림에게 고했다.

"어머님께서 연세가 많으신데 위독하옵니다. 지금 찾아뵙지 못하면 죽을 때까지 한이 될 것입니다. 《시경》에 '스승에게 고하고 부모에게 인사하러 가라.' 했으니, 성인께서도 여자가 부모를 찾아뵙는 일을 허락하신 것입니다. 그러니 감히 상공에게 이를 청하옵니다."

"장모께서 병이 나셨는데 부인이 어찌 가지 않을 수 있겠소? 부인이 먼저 가시면 나도 문병하러 가겠소."

사씨는 한림에게 감사의 인사를 올리고 교씨를 불러 말했다.

"이번에 가면 시일이 꽤 걸릴 것이네. 집안일은 낭자만 믿겠네."

사씨는 바로 행장을 꾸려 인아의 손을 잡고 신성현으로 갔다. 모녀가 오랫동안 떨어져 있다가 만나 기쁨은 이루 말할 수 없을 만큼 컸다. 그러나 병든 어머님을 모시자니 근심 또한 깊었다. 한림도 약을 지어 문병을 갔다. 그러나 몇 달이 지나도 병세는 점점 위중해졌다.

이때 산서(山西), 산동(山東), 하남(河南) 지방에 몇 년 동안 계속 흉년이 들어 백성들이 사방으로 흩어졌다. 천자는 이를 근심하여 가까운 신하 세 사람에게 각각 세 성으로 가서 백성들의 괴로움을 돌보게 했다. 한림은 산동 방면으로 가라는 명을 받고 그날로 천자에게 하직 인사를 하고는 사씨와 작별 인사도 나누지 못한 채 길을 떠났다.

한림이 집을 떠나자 교씨와 동청은 더욱 거리낌이 없었다. 교씨가 동청에게 말했다.

"마침 한림이 멀리 떠났고 사씨도 오랫동안 집에 없으니, 지금이 바로 계교를 행할 때입니다."

동청이 말했다.

"내게 사씨를 죽일 계책이 있습니다. 설령 죽이지 못하더라도 이 집에서 쫓아낼 수 있을 것입니다."

동청이 은밀하게 계교를 말하니 교씨는 크게 기뻐했다.

"낭군의 계교는 귀신도 헤아리지 못할 것입니다. 항우와 범증을 이간질한 진평의 계교도 이에 미치지 못할 것입니다. 그런데 누구에게 그 일을 맡길 수 있겠습니까?"

"내게 냉진(冷振)이라는 친한 친구가 있습니다. 그 사람은 꾀가 많고 말도 잘하니 이 일을 잘 해낼 것입니다. 다만 사씨가 평소 아끼던 머리 장식이나 노리개를 구해야 하는데 그 일이 쉽지는 않겠지요."

"사씨의 시비 설매(雪梅)가 납매의 사촌 여동생인데, 그 아이라면 훔칠 수 있을 것입니다."

교씨가 조용히 설매를 불러 미리 후하게 상을 주자, 설매는 이에 감동했다. 교씨는 납매에게 사씨의 머리 장식을 훔치는 일을 설매와 상의하도록 시켰다. 납매가 설매에게 묻자 설매가 말했다.

"부인은 머리 장식을 상자에 넣고 자물쇠로 잠가 방에 놓아두셔. 비슷한 열쇠를 구할 수만 있다면 훔치는 것은 어렵지 않겠지만 어디에 쓰려는 거야?"

"쓸 곳은 묻지 마. 이 일을 누설하면 우리 둘 다 죽게 될 거야."

납매가 교씨에게 설매의 말을 아뢰자 교씨는 열쇠 십여 개를 꺼내 비슷한 것을 고르게 하면서 말했다.

"반지든 팔찌든 가리지 마라. 사씨가 매우 아끼고 상공도 익히 보던 것이면 된다."

설매는 열쇠를 품에 넣고 밤에 몰래 사씨 방으로 들어가 옥반지를 훔쳐 교씨에게 바치며 말했다.

"이것은 유씨 집안에 대대로 전해 오는 물건으로, 부인께서도 가장 아끼는 것입니다."

교씨는 크게 기뻐하며 다시 설매에게 후한 상을 내렸다. 그리고 동청과 함께 계교를 세웠다.

그때 신성현 사 급사 댁 집안사람이 찾아와 사 급사 부인이 돌아가셨다는 소식을 전했다. 또 사 공자가 어려 자신이 몸소 장례를 치러야 하므로 좀 더 머무르면서 장례를 다 치른 뒤에 돌아갈 것이니, 교 낭

• 항우(項羽)와 범증(范增)을 이간질한 진평(陳平)의 계교 항우는 진나라 말기의 장수로 한나라를 세운 유방(劉邦)과 지배권을 다퉜다. 유방을 돕던 진평은 항우와 그의 참모였던 범증을 이간질하여 항우가 범증을 내치게 했다.

자는 힘을 다해 집안일을 살피라는 사씨의 말을 전했다. 교씨는 납매
를 사씨에게 보내 조문하게 하고, 동청에게는 할 일을 지시해 냉진이
길을 떠나도록 시켰다.

　그 무렵 한림은 산동 지방에 도착했다. 백성들의 생활을 살펴보기
위해 선비들이 평소에 입는 옷으로 갈아입고 여러 마을을 두루 돌아
다녔다. 하루는 주막에서 술을 마시고 있었는데 풍채가 준수한 소년
이 들어와 한림에게 인사를 하고는 옆에 앉았다. 한림이 이름을 묻자
소년이 대답했다.

"저는 남쪽 지방 사람으로 장진(蔣振)이라 하옵니다. 감히 존형의 성함을 묻고자 합니다."

한림은 자신의 신분을 밝히지 않으려고 이름을 바꿔 대답했다. 그리고 백성들이 어떻게 사는지 물어보았다. 그의 대답은 자세하고 분명했으며 조리가 있었다. 한림은 그가 틀림없이 훌륭한 선비라 생각하며 또 물었다.

"그대는 지금 어디로 가는 길이오? 남쪽 지방 사람이라고는 하나 말투는 서울 사람 같구려."

"저는 본래 외로운 사람으로, 동서로 떠돌아다니다가 이 년 동안 서울에 머물렀고, 반년은 신성현에서 살았습니다. 지금은 북쪽 지방을 떠나 고향으로 가고 있는 중이지요."

"나도 남쪽으로 가려고 하는데 며칠 동안 함께 갈 수 있다면 무척이나 다행이겠소."

두 사람은 무릎을 대고 마주 앉아 잔을 주고받으며 이제야 만나게 된 것을 한탄했다. 다음 날도 함께 가다가 같은 객점에서 잠을 잤다.

아침에 잠자리에서 일어나 소년이 옷을 갈아입는데 옥반지 한 쌍이 옷고름에 매달려 있었다. 한림이 집안 대대로 전해 내려오는 옥반지를 어찌 모를 리 있겠는가? 한림은 몹시 놀라고 의아해 하며 그에게 물었다.

• 존형(尊兄) 같은 또래 사이에서 상대를 높여 부르는 말.

"어렸을 때 서역 사람을 만나 옥의 품질을 구별하는 법을 알게 되었소. 지금 그대가 차고 있는 것은 대단히 좋은 옥인 듯한데 구경 한번 해도 되겠소?"

소년은 잠시 머뭇거리다가 옥반지를 보여 주었다. 한림이 자세히 살펴보니 옥의 빛깔이며 새겨진 무늬가 틀림없는 자기 집안의 물건이었다. 그런데 옥반지에는 머리카락을 합해 단단히 묶어 한마음임을 표시하는 매듭이 지어 있었다. 한림은 더욱 괴이하게 여기며 소년에게 말했다.

"과연 대단한 보물이오! 그대가 이것을 품속에 차고 있고 한마음을 표시하는 매듭까지 있는 것으로 보아 대단히 소중한 물건인 듯하오?"

소년은 슬픈 표정을 지으며 아무런 대답도 하지 않고 옥반지를 돌려받아 옷고름에 매달 뿐이었다.

한림이 다시 애써 묻자 소년이 대답했다.

"북쪽 지방에 있을 때 사귀던 사람이 준 것입니다."

한림은 혼자 생각했다.

'저 옥반지는 분명히 우리 집안 물건이야. 저 사람이 신성현에서 왔다고 하니 하인들이 훔친 것을 산 게 아닐까?'

그 뒤에도 한림은 소년과 며칠을 함께 지냈으며 더욱 가까운 사이가 되었다. 술을 취하도록 마신 한림은 다시 소년에게 물었다.

"그대가 옥반지에 관한 일을 내게 말하지 않으니 이를 어찌 친구의 도리라 하겠소?"

소년이 슬픈 표정으로 말했다.

"형에게는 말해도 괜찮겠지요. 사랑하는 사람에게 정표를 받는 것은 옛날에도 있었던 일이니 행여 비웃지 마십시오."

"이미 그대에게 기이한 만남이 있었을 거라 짐작하고 있었소. 그런데 어떤 사람을 만났는지 궁금하구려."

"더 이상 묻지 마십시오. 물어보셔도 대답하지 않을 것입니다."

"그런 애틋한 일이 있었는데 그 사람을 버리고 남쪽으로 가는 까닭은 무엇이오?"

소년이 눈물을 뚝뚝 흘리며 말했다.

"좋은 일에는 방해가 되는 일이 많고 좋은 시절은 다시 만나기 어렵다고 했습니다. 옛사람이 '높은 집안에 시집가니 나오기 어려워 사랑하는 사람을 만날 수 없게 되었네.'라고 했는데, 바로 지금 제 사정이 그렇습니다."

"그대는 참으로 다정한 사람이오!"

그날 두 사람은 취하도록 술을 마시고 다음 날 새벽에 헤어져 길을 떠났다.

소년의 말을 들은 한림은 사씨를 의심하지 않을 수 없었다. 한편으로는 비슷한 옥반지가 있을 수도 있다고 생각했지만 끝내 마음이 편안하지 않았다. 한림은 반년 만에 나랏일을 마치고 천자에게 아뢴 뒤 집으로 돌아갔다. 한림은 사씨를 마주 보고 곡(哭)을 한 뒤 안부를 묻고 교씨와 두 아들을 불렀다. 한림은 안색이 변하더니 사씨에게 물었다.

"부인, 전에 아버님께 받은 옥반지는 어디에 있소?"

"상자에 넣어 두었습니다. 왜 물어보시나요?"

"의심스러운 일이 있어 확인하려는 것이오."

사씨는 의아해 하면서 시비를 시켜 상자를 가져다 열어 보았다. 그런데 다른 보물들은 다 있는데 옥반지만 보이지 않았다. 사씨가 놀라며 말했다.

"분명이 여기에 넣어 두었는데 왜 없을까?"

한림은 안색이 더욱 변하더니 말이 없었다.

"상공께서는 옥반지가 어디 있는지 아십니까?"

"부인께서 이미 다른 사람에게 주고서는 왜 내게 물으시오?"

사씨는 한림이 화를 내는 것을 보고 놀라 더 이상 말을 할 수가 없었다.

그때 시비가 아뢰었다.

"두 부인께서 오셨습니다."

두 부인은 한림이 조정에서 돌아오자 만나 보려고 찾아온 것이었다. 한림은 당황해 하며 두 부인께 인사를 드리고는 미처 안부를 묻기도 전에 두 부인에게 고했다.

"마침 집안에 큰일이 있어 고모님께 아뢰려고 했습니다."

"무슨 일인가?"

한림은 소년에게 들었던 일을 자세하게 말했다.

"그 말을 들은 뒤에는 비슷한 물건을 가지고 있겠거니 생각했습니다. 그런데 확인해 보니 옥반지가 없습니다. 가문이 불행하여 이런 큰 변고를 만났습니다. 마땅히 법대로 처리해야 하지만 감히 저 혼자 처리할 수 없어 고모님께 아뢰는 것입니다."

사씨는 그 말을 듣고 혼이 나가 눈물을 비 오듯 흘리며 말했다.

"제가 행실을 함부로 하여 상공께서 이처럼 의심하기에 이르렀습니다. 살리시든지 죽이시든지 상공 뜻대로 하십시오. 그런데 옛말에 이르기를 '믿음직한 군자여, 거짓으로 남을 헐뜯는 말을 믿지 마라.' 했습니다. 또 '남을 거짓으로 헐뜯는 저 사람을 잡아다 호랑이에게 던져라.' 하기도 했습니다. 상공의 집안에 거짓으로 남을 헐뜯는 사람이 있습니다. 그런데도 상공께서는 어찌 살펴보시려 하지 않사옵니까?"

두 부인이 크게 노하여 한림에게 말했다.

"자네는 자네의 총명함과 식견이 돌아가신 아버님과 비교해 어떻다고 보는가?"

"제가 어찌 감히 아버님을 따라갈 수 있겠습니까?"

"오라버님은 평소에 사람을 잘 알아보셨고, 세상일의 옳고 그름을 잘 살피셨지. 그런데 항상 사씨를 칭찬하시며 '이름난 열녀도 우리 며느리보다 더 나을 수는 없을 거야.'라고 하셨네. 돌아가실 때도 자네를 내게 부탁하시면서, '연수는 나이가 어리니 잘 가르치라.' 하셨지. 하지만 며느리에 대해서는 따로 경계하는 말씀이 없었네. 이는 며느리가 어진 사람이라 따로 부탁할 것이 없었기 때문이었지. 그와 같은 더러운 행실은 신분이 낮은 사람들조차도 미워하는 일인데 사씨가 그런 일을 했겠는가? 분명히 집안에 악한 사람이 있어 옥반지를 훔쳐 내 사씨를 모함한 것이네. 그렇지 않다면 그 소년과 음행을 저지른 시비가 그 소년에게 선물하기 위해 훔쳤을 것이네. 자네가 진실을 조사할 생각은 않고 도리어 사씨를 의심하다니……. 자네가 이처럼 사리에 어둡고 분별이 없을 줄은 생각지도 못했네."

한림이 사죄하며 말했다.

"고모님의 가르침이 지당하옵니다."

한림은 즉시 형벌 기구를 벌여 놓고 시비들을 심문했다. 하지만 죄가 없는 자들은 모르는 일이라고 할 뿐이었다. 설매도 그들 중에 있었으나 사실대로 말하면 죽을까 두려워 자백하지 않았다.

두 부인 또한 어찌할 도리가 없어 그대로 돌아갔다. 사씨는 누명을 씻지 못해 초가에 거적을 깔고 죄인을 자처했다. 한림은 사씨를 모함하는 말을 여러 차례 들었던 터라 끝내 의심하는 마음을 걷어 내지 못했다. 그 뒤부터 한림은 늘 교씨와 함께 지냈는데, 교씨는 이를 매우 통쾌하게 생각했다.

어떻게 제 자식을 죽일 수 있겠습니까?

한림이 교씨에게 사씨의 일을 의논했다. 교씨가 말했다.

"사 부인은 말을 꾸미고 명예를 좋아해 항상 스스로를 옛날의 열녀에 견주면서 방자하고 교만합니다. 그러니 어찌 남들에게 모욕당할 더러운 행실을 저질렀겠습니까? 가만히 생각해 보니 두 부인의 말이 옳은 것 같사옵니다. 하지만 두 부인께서도 공평하지 않사옵니다. 사 부인을 칭찬하는 것은 너무 지나치고 상공을 낮추고 깎아내리는 것은 여지가 없사옵니다. 옛날 성현께서도 간혹 남에게 속곤 했습니다. 돌아가신 장주 할아버지께서 식견이 높고 사리에 밝으셨다고 해도 사 부인이 집안에 들어온 지 얼마 되지 않아 세상을 떠나셨사옵니다. 어떻게 훗날에 일어날 일들을 알 수 있었겠사옵니까? 돌아가시면서 하신 말씀은 상공과 사 부인에게 당부하신 것일 뿐이옵니다. 그런데도 두 부인께서는 그 말씀을 내세워 상공에게 항상 사 부인의 말을 따르도록 하시니 어찌 지나친 처사가 아니겠사옵니까?"

한림이 말했다.

"사씨는 말과 행동이 떳떳한 사람이니 그런 일은 분명 없었을 것이라 생각하네. 그렇지만 지난날 의심할 만한 일이 있었기에 사씨를 믿지 못하는 것이지. 자네와 장주를 저주한 글의 글씨는 실로 사씨의 글씨와 흡사했네. 그렇지만 그때는 집안에 쓸데없는 말이 날까 염려되어 불에 태워 버렸지. 또 자네에게도 말하지 않았고. 사씨의 마음씨가 이토록 흉악하고 참혹할 줄이야! 이로 미루어 보건대 하지 못할 일이 무엇이 있겠는가?"

"그러면 앞으로 사 부인을 어떻게 하려 하시나요?"

"그래도 지나간 일은 자초지종을 알 수 없고 또 이번 일은 명백히 밝혀지지 않았네. 더구나 돌아가신 아버님께서 아끼셨고, 고모님께서도 힘써 구하고자 하시니 쫓아내는 것은 할 수 없을 뿐만 아니라 차마 그러지도 못하겠네."

교씨는 아무 말도 하지 않았다.

그 무렵 교씨는 또 아들을 낳았다. 한림은 봉추(鳳雛)라 이름 짓고 다른 두 아들과 마찬가지로 귀여워했다. 그러나 봉추가 누구의 자식인지 어떻게 알 수 있겠는가?

교씨는 동청에게 말했다.

"지난번 계교는 좋았지만 한림의 말은 이러이러했습니다. 풀을 뽑을 때 뿌리까지 뽑지 않으면 나중에 무슨 일이 생길지 알 수 없지요. 사

씨와 두 부인이 옥반지가 어디 있는지 찾고 있으니, 만일 그 사실이 누설된다면 어찌 큰 화를 당하지 않겠습니까?"

"두 부인이 힘써 사씨를 돕고 있으니 낭자는 틈을 노려 교묘한 말로 이간질해 두 부인과 한림을 갈라놓으십시오. 한림이 두 부인과 멀어지면 사씨를 없애는 것은 썩은 나무를 꺾는 것처럼 쉬울 것입니다."

"나도 그렇게 생각해서 한림에게 말한 적이 있었지요. 그러나 한림은 대답하지 않았어요. 또 한림은 두 부인을 부모처럼 섬기고 있으니 그 계교는 성공하기 어려울 것 같군요."

두 사람은 근심이 그치지 않았다.

이때 두 부인은 사씨를 위해 옥반지를 두루 찾아보았으나 찾을 수 없었다. 마음속으로는 교씨의 소행이라 생각했지만 증거가 없어 입을 열기 어려웠다. 오로지 마음만 답답할 뿐이어서 한림의 집을 왕래하지 않았다.

얼마 뒤 두 부인의 아들 두억(杜億)이 과거에 급제하여 장사(長沙) 지방의 추관이 되었다. 두 부인은 아들을 따라 장사로 가려고 출발할 날을 잡아 놓았다. 한림은 두 부인 모자를 집으로 초청했다. 큰 잔치를 열어 작별하려는 것이었다. 두 부인은 그 자리에 사씨가 없는 것을 보고는 온종일 언짢은 표정을 짓고 있다가 마침내 한림에게 말했다.

● **추관**(推官) 형벌에 관한 일을 맡아보던 지방 관원.

"오라버니께서 세상을 떠나신 뒤로 조카님을 의지해 지내 왔네. 이제 작별을 앞두고 내가 부탁을 한마디 하려고 하네."

한림은 무릎을 꿇고 물었다.

"무슨 부탁이신지요?"

"다름이 아니라 바로 사씨 일이라네. 사씨는 오라버니께서 아끼던 사람으로 성품이 본래 진실하고 신중하네. 그에게 죄과가 없으리라는 것은 백 번이라도 보장할 수 있지. 다른 사람이 무슨 말을 해도 절대 그대로 믿지 말게. 설혹 그의 잘못을 눈으로 직접 보았더라도 반드시 내게 편지를 보내 의논해 주게. 부디 가볍게 처리하지 말게나."

"삼가 가르침을 받들겠사옵니다."

두 부인이 시비를 돌아보며 물었다.

"사 부인은 어디 계시냐? 내 직접 가 봐야겠다."

시비는 두 부인을 모시고 사씨가 있는 곳으로 갔다. 사씨는 누추한 방에 거적을 깔고 있어 보기에도 처참했다. 나무 비녀와 베치마에 다북쑥처럼 헝클어진 머리를 하고 있는데, 몹시 여위어 입고 있는 옷조차도 감당하지 못할 듯했다. 사씨는 두 부인을 맞아 절을 올렸다.

"인아 숙부께서 벼슬에 올라 멀리 떠나시지요. 저는 상복(喪服)을 입은 사람이고 또한 씻을 수 없는 죄명을 지고 있어, 감히 나가 축하드리며 떠나시는 길을 바라볼 수 없습니다. 집에 오셨다는 말을 들었지만 나가서 뵈올 수가 없었습니다. 이생에서는 다시 만날 날이 없을 듯하여 한으로 여겼는데, 뜻밖에도 고모님께서 이 누추한 곳까지 왕림하셨습니다."

"오라버니께서 임종하실 때 한림을 내게 부탁하셨지. 그 말씀이 아직도 귀에 남아 있네. 내가 조카를 잘 인도하지 못해 자네를 이 지경에 이르게 했어. 모두 내 허물일세. 그런데 내가 몇 해 전에 자네에게 했던 말을 혹시 지금도 기억하고 있는가?"

사씨는 다시 절을 하고 대답했다.

"마음속에 깊이 간직하고 있습니다. 어찌 잊을 수 있겠습니까? 제가 눈은 있으나 사람을 알아보지 못하여 이 지경에 이르렀으니 어찌 감히 하늘을 원망하고 사람을 탓할 수 있겠습니까?"

"지나간 일은 말하지 말게. 앞으로 어떻게 할 생각인가? 자네는 불행하게도 일찍 시부모를 잃고 나와 서로 의지하며 지냈는데 이제 나마저도 멀리 떠나야 하네. 아들을 따라가는 것이 영광스런 일이지만 자네 때문에 마음을 놓을 수 없네. 집안의 형세를 살펴보니 자네는 이 집에 그대로 있을 수 없을 것 같네. 자네 본가도 형세가 기울어져 의지할 수 없을 걸세. 더구나 신성현은 옥반지의 모함과 관련된 곳이니 편안하게 머물 수 없을 게야.

장사 땅이 비록 먼 곳이기는 하나 뱃길이 통해 왕래하기가 어렵지 않으니 앞으로 어려운 일이 생기거든 반드시 내게 알리도록 하게. 그러면 내가 배를 마련하여 자네를 맞이할 테니 그곳에서 함께 지내도록 하세. 그리고 천천히 사태를 지켜보고 있으면 더 이상 자네를 모함할 수 없는 날이 올 게야. 자네의 생각은 어떤가?"

"고모님께서 이토록 염려해 주시니 제가 비록 만 번을 죽는다 해도 어찌 이 은혜를 갚을 수 있겠사옵니까? 신성현에는 진정 갈 수가 없습니다. 그래서 처음부터 고모님께 의탁하려 했는데 뜻밖에 멀리 가시게 되었습니다. 그런데 그 먼 곳을 저 혼자 몸으로 어떻게 찾아갈 수 있겠사옵니까? 시부모님의 묘소 아래로 가서 머물다가 몸을 마치고자 하옵니다."

두 부인이 말했다.

"애처롭도다! 자네의 생각이 그러하다니……. 하지만 시부모 묘소도 편안하게 머물 곳은 아니지. 하늘은 착한 사람을 돕는 법이니 자네의 모질고 사나운 운수가 끝날 날이 어찌 없겠는가?"

두 부인은 거듭 사씨를 위로하고 격려한 뒤 눈물을 흘리며 작별했다.

한림은 멀리 떠나는 두 부인을 전송했다. 교씨는 마치 눈에 박힌 못을 빼내고 등에 박힌 가시를 빼낸 것 같았다. 그녀는 동청과 더욱 음모를 꾸몄다. 동청이 말했다.

"두 부인이 없는 틈을 타 나의 좋은 계교를 시행해야 할 터인데, 낭자가 그 계교를 쓰지 않을까 걱정입니다."

이어 동청은 소매 속에서 책을 한 권 꺼내며 말했다.

"계교가 이 안에 있습니다."

"무슨 말씀입니까?"

"이것은 《당사(唐史)》입니다. 당나라 고종은 왕황후(王皇后)와 무소의
(武昭儀)를 모두 사랑했지요. 소의는 황후를 참소하려 했으나 틈을 얻
을 수 없었습니다. 그때 소의가 예쁜 딸을 낳자 황후도 그 아이를 사
랑해 때때로 찾아가 어루만지곤 했지요. 하루는 황후가 방 안에서 소
의의 딸을 어루만지다가 밖으로 나갔지요. 그러자 소의가 딸을 눌러
죽이고는 울면서 궁인들에게 '누가 내 딸을 죽였느냐?'라고 묻자 모두
'다른 사람은 없었고 황후께서 다녀가셨다.'라고 했습니다. 황후가 끝
내 자신의 결백을 밝히지 못하자 고종은 황후를 폐하고 소의를 황후
로 삼았지요. 그 여인이 바로 측천황제입니다. 예로부터 큰일을 도모
하는 사람은 작은 절의에 얽매이지 않는 법이지요. 예전에 장주가 병
에 걸렸을 때부터 한림은 사씨를 의심하기 시작했습니다. 낭자에게 부
족한 것은 아들이 아닙니다. 진실로 측천황제가 쓴 계교를 쓴다면 사
씨가 비록 태임과 태사 같은 덕행이 있고 소진과 장의 같은 언변을 가
졌다 하더라도, 스스로 죄가 없음을 증명할 수 없을 것입니다. 이제

• **측천황제**(則天皇帝) 당나라 고종(高宗)의 황후였다가 뒤에 스스로 황제의 자리에 올라 중국 역사에서 유
  일한 여자 황제가 되었다.
• **태임**(太任) 중국 주나라의 건국 시조인 문왕(文王)의 며느리이자 무왕(武王)의 아내. 어질고 현숙한 부인
  으로 유명하다.
• **소진**(蘇秦)**과 장의**(張儀) 두 사람은 중국 전국 시대의 책사로, 소진은 진나라에 맞서 육국이 연합해야 한
  다는 합종설을 주장했다. 반면에 장의는 육국이 진나라에 복종해야 한다는 연횡설을 주장했다.

낭자가 뜻을 이루지 못할까 더 이상 무엇을 걱정하겠습니까?"

교씨가 손으로 동청의 등을 두드리며 말했다.

"호랑이도 제 새끼를 사랑하는데 사람이 어떻게 자기 손으로 제 자식을 죽일 수 있겠습니까? 당신은 당신 자식만 사랑해 남의 자식을 죽이려 하는군요."

"낭자의 형세는 호랑이 등에 올라탄 것과 같습니다. 내 말대로 하지 않으면 반드시 후회할 것입니다."

"차마 그럴 수는 없으니 다른 계교를 생각해 보세요."

동청은 밖으로 나가 납매에게 말했다.

"낭자는 차마 할 수 없다고 하나 이 계교를 쓰지 않으면 우리 모두 살아남지 못할 것이야. 네가 적당한 기회를 틈타 이 일을 해치우거라."

그 뒤로 납매는 항상 손을 쓰고자 했으나 기회를 얻지 못했다.

어느 날 장주가 난간 옆에서 잠을 자고 있었다. 주위에는 보는 사람이 아무도 없었다. 마침 사씨의 시비 춘방과 설매가 화원에서 꽃놀이를 하다가 난간 아래로 지나가고 있었다. 납매는 두 사람이 멀어져 가는 것을 기다렸다가 즉시 장주를 눌러 죽이고는 은밀히 설매에게 말했다.

"네가 옥반지를 훔친 게 발각되면 부인은 반드시 너를 죽일 거야. 하지만 이러저러하게 말하면 화를 면하고 상을 받을 거야."

설매는 그렇게 하겠다고 했다. 그때 유모가 장주가 잠에서 깼을 것이라 생각하고 가서 보니, 피를 흘리고 죽어 있었다. 유모는 깜짝 놀라 통곡했다. 교씨도 놀라 고함을 지르며 뛰쳐나가 보았으나 이미 죽은

목숨을 구할 수는 없었다. 교씨는 그것이 동청의 소행임을 알고 있었으나 큰 소리로 울부짖으며 한림에게 고했다. 한림은 기가 막혀 얼굴이 파랗게 질린 채로 아무런 말도 하지 못했다. 교씨가 울음 섞인 목소리로 말했다.

"지난해 우리 모자를 저주했던 사람의 소행이 분명하옵니다. 하인들에게 따져 물으면 범인을 잡을 수 있을 것이옵니다."

한림은 그 말대로 하인들을 모두 잡아들이고는 온갖 형벌 기구를 벌여 놓고 엄하게 심문했다. 먼저 장주의 유모가 대답했다.

"제가 공자를 안고 난간에서 놀았는데 공자께서 잠이 드셨습니다. 급한 일이 있어 공자를 눕혀 놓고 물러간 사이에 변고가 일어났사옵니다. 저의 죄는 죽어 마땅하오나 그 밖에 다른 것은 모르옵니다."

납매가 말했다.

"저는 우연히 문밖을 지나가다가 춘방과 설매가 난간 아래에 서서 소곤대는 것을 보았사옵니다. 그러고 나서 변고가 일어났으니 두 종년에게 물어보시면 알 수 있을 것이옵니다. 설매는 저의 사촌이오나, 감히 숨길 수가 없었사옵니다."

한림은 춘방과 설매를 끌어냈다. 먼저 춘방에게 곤장을 치며 물었다. 살이 터지고 뼈가 부서졌지만 한결같이 모른다고 말했다.

"설매와 함께 우연히 난간 아래로 지나갔을 뿐이옵니다. 저는 아무것도 모르옵니다."

설매도 처음에는 모르는 일이라고 대답했으나 조금 지나자 큰 소리로 자백했다.

"이제 곧 죽을 운명이니 어찌 감히 바른대로 고하지 않겠습니까? 사부인께서 저희 두 사람에게 '장주를 해치는 자에게 큰 상을 주리라.' 하셨기에 저희들은 오랫동안 그 일을 도모하고 있었사옵니다. 그런데 오늘 마침 공자께서 혼자 주무시는 것을 보고 춘방과 함께 손을 쓰기로 했습니다. 그런데 저는 마음이 떨려 앞으로 다가가지 못했고 실은 춘방이 공자를 눌러 죽였습니다."

그러자 춘방은 설매를 꾸짖으며 말했다.

"부인을 팔아서 네 목숨을 구하려 하다니, 개돼지만도 못한 것이로구나!"

춘방은 끝내 말을 바꾸지 않다가 곤장을 맞아 죽었다. 교씨가 말했다.

"설매는 애초에 흉악한 짓을 하지 않았습니다. 더구나 바른대로 말한 공이 있습니다. 이제 더 이상 죄를 물을 필요가 없습니다. 춘방이 죽었으니 사실을 확인할 수는 없지만 남이 시켜서 한 일이지 어찌 춘방이 제 뜻으로 한 일이겠습니까?"

교씨는 가슴을 치면서 큰 소리로 외쳤다.

"장주야! 장주야! 네 원수를 갚지 못한다면 내가 살아 무엇하겠느냐? 차라리 너를 따라 죽어 버리겠다!"

교씨가 방으로 들어가 스스로 목을 매자 시비가 급히 구했다. 교씨는 또다시 발을 구르며 쉬지 않고 울어 댔다. 한림은 여전히 아무 말도 하지 않았다. 그러자 교씨가 말했다.

"사씨가 저를 투기하여 우리 모자를 해치려 했습니다. 흉악한 음모가 전에도 발각된 적이 있는데, 또다시 계집종을 시켜 이런 악독한 술수를 저질렀습니다. 오늘은 장주가 죽었지만 다음에는 화가 제게 미칠 것이니 차라리 제 스스로 목숨을 끊겠습니다. 누가 저를 구해 줄 수 있겠습니까? 상공께서는 사씨와 평생을 함께하기로 마음먹고 계시니 속히 저를 죽이시어 사씨의 속이나마 통쾌하게 해 주십시오. 저는 만 번을 죽어도 여한이 없사옵니다. 다만 사씨가 다른 사람과 정을 통하고 있으니 상공께서도 다음에 악독한 술수를 면하지 못할까 염려스러울 뿐이옵니다."

말을 마치고 나서 교씨가 다시 목을 매려 하자 한림이 급히 일어나 교씨를 만류했다. 마침내 한림은 화를 벌컥 내며 말했다.

"사씨가 투기해 처음에 저주를 했을 때는 부부의 정을 생각하여 차마 사실을 밝힐 수 없었지. 그 뒤 신성현에서 더러운 행실을 한 단서가 드러났을 때도 죄를 묻지 않았어. 그런데 또 이런 흉악한 짓을 하다니……. 사씨를 집안에 그대로 둔다면 조상께서 제사를 받지 않으시고 자손도 완전히 끊어질 게야."

한림은 교씨를 위로했다.

"오늘은 이미 저물었네. 날이 밝으면 일가들을 모아 사당에 고한 뒤에 사씨를 내치고 자네를 부인으로 삼을 것이야. 그러니 쓸데없이 슬퍼하지 말게. 꽃 같은 얼굴만 상하겠네."

교씨는 눈물을 거두며 대답했다.

"이처럼 바르게 처리하시니, 저의 원한이 거의 풀렸습니다. 하지만 부인의 자리를 제가 어찌 감당하겠습니까?"

한림은 즉시 일가들에게 알려 아침에 모두 사당 아래로 모이게 했다.

아아! 유 소사는 지하에서 일어날 수 없고 두 부인도 만 리나 멀리 떠났으니, 누가 한림의 뜻을 돌릴 수 있겠는가? 시비 여럿이 사씨에게 달려가 자초지종을 고하고 통곡했다. 그러자 사씨가 태연하게 말했다.

"이런 일이 벌어질 것을 오래전부터 알고 있었도다."

사씨는 왜 맥없이 쫓겨났을까?

《사씨남정기》를 읽고 있노라면 현명하기 이를 데 없다는 사정옥의 태도가 전혀 지혜로워 보이지 않고 답답하기만 합니다. 사랑하는 남편에게 자진해서 첩을 권하는가 하면, 누명을 쓰고도 속 시원히 항변하는 법 없이 그저 묵묵히 자기 탓을 하며 감내 하지요. 오늘날이라면 바보스럽고 무능력한 모습이라 하겠지만 당시에는 이런 태도를 여성의 미덕으로 보았다고 합니다. 결혼 전에는 아버지를, 결혼한 후에는 남편을, 남편이 죽은 뒤에는 아들을 따라야 하는 삼종지도(三從之道)의 가치관 아래, 여성을 묶어 두었던 굴레는 다양했습니다.

아내를 내쫓을 수 있는 일곱 가지 잘못 – 칠거지악(七去之惡)

조선 시대에는 아내와는 상관없이 남편의 일방적인 결정만으로 이혼할 수 있는 일곱 가 지 이유가 있었습니다. 이를 칠출(七出) 또는 칠거(七去)라고 했는데, 그 내용을 살펴보면 여성을 행복을 추구하는 개인으로 보기보다는 가문을 유지하고 계승하기 위한 도구로 삼고 있음을 알 수 있지요.

시부모에게 순종하지 않는 것〔不順舅姑〕 오늘날에도 시부모와 며느리의 갈등은 주요한 이혼 사유입니다. 하지만 조선 시대에는 훨씬 더 일방적인 순응과 공경이 요구되었습니다. 남편과의 사이보다 시집과의 화목을 중시한 것을 보면 여성이 남편보다는 시집에 봉사하는 일이 더 중요하다는 유교 사상이 깔려 있다고 할 수 있습니다.

아들을 낳지 못하는 것〔無子〕 조선 사회에서 결혼의 가장 중요한 목적은 가문을 계승할 아들을 낳는 것이었습니다. 자녀의 성별을 임의로 결정할 수 없음에도 아들을 얻지 못하는 것은 고스란히 여성의 몫이었지요.

음탕한 행동을 하는 것〔淫行〕 조선 사회에서는 여성들이 외간 남자와 교류하는 것 자체가 허락되지 않았는데, 이 또한 가문의 명예와 혈통을 지키기 위한 것이었습니다.

질투하는 것〔妬忌〕 《조선왕조실록》에는 인현 왕후를 폐위하는 이유로 희빈 장씨를 질투하여 모함한 것을 들고 있습니다. 왕실과 마찬가지로 일반 여성들도 처첩(妻妾) 간의 시기나 질투를 할 수 없었지요.

고치기 어려운 병을 앓는 것〔惡疾〕 위중한 병은 자손이 번영하는 데 큰 영향을 미쳤기 때문에 주요한 이혼 사유였습니다.

말이 많은 것〔口舌〕 가족과의 융합이 중요했던 조선의 부인들은 불화의 원인이 되는 말을 조심하고 줄이는 것을 미덕으로 여겼습니다.

도둑질하는 것〔竊盜〕 위의 여섯 가지에 더해 남의 물건을 훔치는 것도 이혼의 사유가 되었습니다.

아내를 쫓아낼 수 없는 세 가지 이유 – 삼불거(三不去)
칠거지악에 해당하더라도 이혼을 할 수 없는 세 가지 사유가 있었습니다. 시부모의 삼년상을 함께 치른 부인, 혼인할 당시 가난했으나 함께 노력하여 부를 이룬 아내, 이혼한 뒤에 돌아갈 친정이 없는 아내는 내쫓을 수 없었지요. 사회 질서와 전통적인 부계 사회를 유지하기 위해서는 이혼의 남용을 막아야 했기 때문에 조선에서도 채택하여 썼던 중국 명나라의 법전인 《대명률(大明律)》에는 삼불거를 어긴 자를 처벌하고 아내와 재결합하도록 하는 규정도 있었습니다.

집에서 쫓겨나다

다음 날 아침 유씨 가문의 친척들이 모두 모였다. 한림은 사씨의 죄악
과 내쫓지 않을 수 없는 사정을 상세하게 말했다. 사람들은 평소 사씨
의 어진 성격을 잘 알고 있었으므로 깜짝 놀라 아무 말도 하지 않았
다. 그러자 한림은 두세 차례 계속 자세한 사정을 말했다. 모인 사람
들은 한림과 먼 친척들이거나 손아래 사람들이었다. 그러니 누가 한
림의 집안일에 참견하려 하겠는가? 마침내 사람들이 모두 말했다.

"한림께서 깊이 생각해서 하시는 일인데 저희가 감히 다른 말을 할
수 있겠습니까?"

한림은 여러 사람들의 의견이 자신과 같다고 생각해 크게 기뻐하며
하인들에게 명하여 사당을 깨끗이 치운 뒤 향을 피우고 촛불을 밝히
도록 했다. 한림은 관복을 단정하게 차려입고 친척들을 거느리고 사당

으로 가서 사씨의 죄상을 조상 신령들께 고했다.

한림이 사씨를 내쫓고 교씨를 부인으로 맞이하겠다고 조상 신령들께 고하는 글을 다 읽자 시비가 사씨를 인도하여 계단 아래로 데려갔다. 사씨는 조상 신령들께 하직하는 절을 올리고 나서 대문을 나섰다. 친척들은 모두 눈물을 흘리며 작별의 말을 했다.

"부인! 귀한 몸을 잘 돌보십시오. 훗날 다시 뵐 것을 고대하고 있겠습니다."

사씨도 인사를 드렸다.

"죄인을 멀리까지 배웅해 주시니 고맙습니다. 그러나 이번에 나가면 어찌 다시 돌아올 수 있겠습니까?"

인아 유모가 인아를 품에 안고 사씨에게 나아가 인사를 드렸다. 사씨는 인아를 받아 품에 안고 이마를 쓰다듬더니 탄식하며 말했다.

"나를 생각하지 말고 새어머니를 잘 섬겨라. 다시 만날 날이 있을지 모르겠구나. 새 둥지가 엎어졌는데 알이 온전할 리 없지. 어찌 너를 그대로 두겠느냐? 내 죄가 너무 커서 아무 죄 없는 너에게까지 해가 미치겠구나. 후생에서 대대로 모자지간이 되어 이생에서 다하지 못한 인연을 다할 수 있기를 바랄 뿐이다."

말을 마치자 눈물이 흘러 인아의 이마에 떨어졌다. 사씨는 문득 눈물을 거두고 얼굴빛을 엄숙하게 고치며 말했다.

"시아버님께서 세상을 버리셨을 때도 죽지 않았고, 어머님께서 돌아가셨을 때도 구차하게 목숨을 이어 갔는데, 포대기에 싸인 아이에게 연연해 하다니!"

사씨는 밀어내듯 인아를 유모에게 건네주고 의연하게 가마에 올랐다. 인아는 큰 소리로 울면서 말했다.

"어머니! 어디로 가세요? 저도 따라갈래요!"

사씨는 가마 안에서 다시 인아를 받아 젖을 먹였다. 그러고는 억지로 위로하며 말했다.

"잘 있거라! 내일 꼭 돌아오마."

하인 둘이 가마를 메자 사씨는 흰 수건으로 얼굴을 감쌌다. 시집올 때 친정에서 따라왔던 늙은 유모와 어린 계집종만 따라나섰다.

사씨가 쫓겨나자 시비는 교씨를 사당으로 모셨다. 옥구슬로 장식한 아름다운 모자를 쓰고 화려하게 수놓은 옷을 입고 맑은 소리를 내는 옥을 찬 교씨의 위용은 마치 산과 강처럼 성대했다. 사당에서 예를 마친 교씨는 안채에 앉아 하인들의 축하를 받았다. 교씨는 하인들에게 명을 내렸다.

"지금부터는 내가 집안일을 맡아 다스릴 것이다. 상을 주고 벌을 주며 명령을 내리는 권한이 오로지 나에게 있도. 너희들은 더욱 힘써야 하느니라."

하인들은 모두 머리를 조아렸다.

잠시 뒤 늙은 종 몇 사람이 앞으로 나서 교씨에게 고했다.

"사 부인께서 비록 죄를 짓고 쫓겨나지만 저희들이 여러 해 동안 어미처럼 섬기던 분이옵니다. 부인께서 은혜를 베풀어 주시면 길에 나가 작별 인사를 할까 하옵니다."

교씨는 그들을 말릴 수가 없었다. 하인들은 통곡하며 사씨에게 가

서 작별 인사를 했다. 사씨는 잠시 가마를 멈추게 한 뒤 어린 계집종에게 말을 전하도록 했다.

"멀리까지 나와서 배웅해 주니 참으로 고맙네! 새 부인을 잘 모시고 때때로 옛사람도 생각해 주게."

그날 마을 주변은 사씨가 떠나는 것을 보려는 사람들로 길이 막힐 정도였는데, 탄식하며 눈물을 흘리지 않는 사람이 없었다.

"십 년 전 한림이 사 부인에게 장가들 때 이 길을 지나갔지. 딸 가진 집에서는 분수도 모르고 자신의 딸이 사 낭자 같았으면 하고 바라지 않았던가? 그런데 저 지경에 이르다니! 뽕나무 밭이 푸른 바다가 되듯 세상일이 변한다는 말이 참으로 헛된 말이 아니야."

그들은 또 서로에게 말했다.

"사씨가 현숙한 사람이라 유 소사에게 사랑받고 한림에게 공경받는 것이 세상에 비할 바 없었다고 들었는데 하루아침에 저렇게 되다니……. 누가 옳은지 알 바 아니지만 부부 사이란 유지하기 어려운 관계가 아니겠는가?"

이날 태양이 빛을 잃어 천지가 어두웠고 갑자기 바람이 세게 불면서 눈발까지 휘날렸다. 길을 가는 사람들 중에 슬퍼하지 않는 이가 없었다. 한림도 오랫동안 마음이 편치 않았다.

가마꾼이 신성현으로 가는 길로 들어서자 사씨는 길을 바꾸라고 명했다. 사씨는 시아버지 묘소 아래로 가 초가 몇 칸을 얻어 그곳에 머물렀다. 험한 산이 사방을 에워싸고 있었고 오래된 나무는 하늘을 찌를 듯했다. 아침저녁으로 오직 바람 부는 소리와 새 우는 소리만 들릴 뿐이었다.

사씨의 남동생이 소식을 듣고 달려와 사씨를 보고 통곡했다.

"여자가 시집에서 쫓겨나면 본가로 돌아가는 것입니다. 그런데도 누이께서는 무엇 때문에 스스로 이 산중에 들어와 있습니까?"

사씨가 말했다.

"나라고 어찌 본가로 돌아가 어머님의 혼령을 모시고 자네와 함께 서로 의지하며 지내고 싶지 않겠는가? 그러나 한번 본가로 돌아가면 유씨 가문과의 인연은 완전히 끊어져 버리네. 내가 본래 죄를 지은 것이 없고 한림도 본래 현명하고 군자다운 사람이니, 한때 참소한 말을 믿었다고 하나 어찌 뒤에 후회하지 않겠는가? 한림이 끝내 나를 버린다 해도 나는 시아버님께 죄를 지은 적이 없으니, 시아버님 묘소 아래에서 늙어 죽기를 원하네. 자네는 이상하게 여기지 말게."

사 공자는 더 이상 말릴 수 없어 집으로 돌아가 늙은 사내종과 시비 한 사람을 보내 사씨의 심부름을 하도록 했다. 그러나 사씨는 시비를 돌려보내고 늙은 사내종만 두어 문을 지키게 했다.

그 지역은 유씨 가문 사람들과 노비들이 사는 곳이었다. 그들은 사씨가 온 것을 보고 모두 감탄하며 먹을거리를 보냈다. 사씨는 바느질과 길쌈을 해 주고 삯을 받았다. 또한 몸에 지니고 온 장신구를 팔아 생계를 이어 나갔다. 고초가 심했지만 그럭저럭 지낼 만했다.

가마꾼은 집으로 돌아가 사씨가 묘소 아래 머무르고 있는 것을 알렸다. 교씨는 사씨가 신성현으로 가지 않고 묘소 아래로 간 것은 쫓겨난 것을 인정하지 않으려는 것이라 생각하고 한림에게 말했다.

"사씨는 더러운 행실을 해 조상께 죄를 지었습니다. 그런데 어떻게 감히 유씨 집안의 묘소 아래에 머무를 수 있습니까?"

한림은 아무 말 없이 있다가 입을 열었다.

"동서남북 어디든 갈 곳을 정하는 것은 그 사람에게 달려 있지요. 묘소 아래에는 친척과 노비뿐만 아니라 다른 사람들도 살고 있는데 어떻게 그 사람만 살지 못하게 하겠소?"

교씨는 못마땅해 하며 다시 동청과 상의했다. 동청이 말했다.

"사씨가 신성현으로 가지 않고 묘소 아래 머무르는 것은 큰 뜻이 있습니다. 첫째는 옥반지 일에 떳떳함을 밝히려는 것입니다. 둘째는 자신의 죄가 없으니 아직도 유씨 집안의 며느리로 자처하려는 것입니다. 셋째는 그 고을 사람들과 친척들의 마음을 얻어 훗날 그들이 도와주기를 바라는 것입니다. 묘소가 있는 선산은 한림이 때때로 왕래하는 곳인데, 한림이 깊은 산중에서 홀로 외롭게 지내는 사씨를 보면 지난 일을 돌이켜 생각하고 마음에 동요가 있지 않겠습니까? 근래 바깥에서 하는 말들을 살피니 사씨가 원통하다고 말하지 않는 사람이 없습니다. 사씨를 내버려 둔다면 어찌 훗날 걱정거리가 되지 않겠습니까?"

"그렇다면 몰래 자객을 보내 죽이면 어떨까요?"

"안 될 일입니다. 사씨가 살해되면 한림이 의심하지 않겠습니까? 내게 계교가 하나 있는데, 냉진을 이용하는 것입니다. 냉진은 본래 아내가 없는 데다 사씨를 몹시 사모하고 있습니다. 속임수를 써서 냉진에게 사씨를 아내로 삼게 하면 절개를 지키는 사씨의 행실이 훼손될 것이고 사람들도 더 이상 사씨가 원통하다고 말하지 않을 것입니다. 더구나 한림이 사씨를 마음에 두지 않을 테니 어찌 좋은 계교가 아니겠습니까?"

"교묘하고도 교묘하군요! 그런데 어떻게 사씨를 속인단 말입니까?"

"사씨가 신성현에 가려고 하지 않으니 다른 일로 움직이게 하기는 어렵습니다. 사람을 보내 두 추관 댁에서 보내서 왔다고 속이고 사씨에게 두 추관이 서울에서 관직을 얻어 두 부인을 모시고 상경하셨다고 한 뒤, '함께 만나기를 바란다.'라고 적힌 두 부인의 위조 편지를 전하면, 사씨는 틀림없이 의심하지 않고 두 부인에게 가려고 할 것입니다. 아울러 냉진에게 인적이 드문 곳에서 첫날밤을 보낼 준비를 하고 사씨가 지나가기를 기다렸다가 그녀를 위협해 부부가 되게 하면, 날개가 있다 하더라도 어찌 벗어날 수 있겠습니까?"

교씨가 손뼉을 치며 좋아하면서 말했다.

"계교가 교묘하기는 하나 사씨를 냉진과 짝지어 주는 것은 너무 과분하지요."

교씨는 두 부인의 필적을 찾아 동청에게 주었다. 동청은 즉시 편지 한 통을 위조해 냉진을 만나 계교를 말해 주었다.

"유 한림의 부인들은 모두 절세미인이지. 내가 그중 한 사람을 얻었으니 형이 남은 한 사람을 차지하게. 우리 두 사람의 풍류는 누구도 따라오지 못할 걸세."

어느 날 사씨가 길쌈을 하고 있는데, 문득 한 사람이 문을 두드리며 말했다.

"여기가 유 한림 부인이 사는 곳이지요?"

사씨의 늙은 사내종이 어디에서 왔는지 물었다.

"성안 두 홍로 댁에서 왔소이다."

"두씨 집안 서방님은 어머니를 모시고 장사 고을로 가셨는데, 그 댁에 계신 분이라니 누구신지요?"

"모르셨소? 우리 서방님께서 장사 지방 추관 벼슬을 받으셨는데, 이부에서 지방으로 내보낼 수 없다고 특별히 천자께 청해 서울의 직책을 다시 받으셨지요. 서방님은 장사로 가던 도중에 명을 받고 어제 이미 두 부인을 모시고 댁으로 돌아오셨지요. 그런데 두 부인께서 사 부인이 환란을 만나 이곳에 계신다는 말을 듣고 크게 놀라 나에게 안부를 여쭙게 했소. 여기 편지도 있소."

늙은 사내종은 편지를 받아 사씨에게 드렸다. 아울러 그 사람이 한 말도 그대로 고했다. 사씨가 편지를 보니, 이별한 뒤의 여러 생각과 아들의 관직이 바뀌어 상경하게 된 사정이 간략하게 적혀 있었다. 또 다음과 같은 내용도 있었다.

내가 떠난 뒤에 자네가 갑자기 그 지경이 되었다니, 통탄할 일이지만 어떻게 하겠나? 산중에 머무르고 있다니 못된 사람에게 좋지 않은 일을 당하지 않을까 걱정스럽네. 우리 집에 와서 서로 의지한다면 모든 일이 다 편할 걸세. 내일 아침 가마를 보내 부르도록 하겠네.

---

* 홍로(鴻臚) 중추부나 통례원을 이르는 말. 두강이 이 관아에 속해 있었기 때문에 두 홍로라 한 것이다.

사씨는 두 부인이 서울로 돌아왔다는 말에 너무나 기뻐 다른 것은 생각할 겨를이 없었다. 두 부인의 필체와 흡사한 데다 내용도 전에 마주 앉아 의논하던 때와 같았다. 사씨는 찾아가 의지하겠다는 답장을 썼다.

그날 밤 사씨는 등불을 밝히고 홀로 앉아 중얼거렸다.

'이곳으로 와 모든 일이 매우 힘들었지만 묘소 주위의 소나무를 바라보면서 마음을 달랬는데, 이제 다시 이곳을 떠나려니 마음이 더욱 쓸쓸하고 암담하구나.'

사씨는 베개에 기대 선잠이 들었는데, 그때 문득 어떤 사람이 밖에서 들어오며 말했다.

"시부모님께서 사 부인을 부르십니다."

사씨가 눈을 들어 바라보니 지난날 시아버지가 부리던 계집종이었다. 사씨는 곧바로 일어나 계집종을 따라갔다. 한곳에 이르니 저 멀리 외딴 곳에 커다란 집이 있었다. 그곳에서 시비 수십 명이 나와 사씨를 맞이하며 말했다.

"시부모님께서 기다리고 계십니다."

사씨가 따라 들어가자 시아버지가 앉아 계셨는데, 살아 계실 때와 전혀 다름없는 모습이었다. 시어머니도 의복을 갖추어 입고 옆에 앉아 계셨는데, 그 모습 또한 단정하고 근엄했다. 사씨가 고개를 숙이고 엎드려 눈물을 흘리자 유 소사가 말했다.

"울지 마라! 내 자식이 모함을 믿어 자네를 곤란한 지경에 이르게

했구나. 내 마음인들 어찌 하루라도 편안했겠느냐? 이승과 저승이 길
이 달라 내가 자네를 구할 수 없었도다. 운명이 이미 정해져 있으니 어
찌 피할 수 있겠는가? 나는 간혹 바람과 구름을 타고 옛집을 내려다보
다가 슬퍼 눈물이 나면 비에 섞어 뿌리곤 했지. 지금 자네를 불러 만
난 것은 다른 일 때문이 아니네. 오늘 편지는 진짜가 아니라네. 편지
에 가짜라는 단서가 있으니 잘 살펴보면 자연히 알 수 있을 것이네."

시어머니는 사씨를 가까이 오게 한 뒤 말했다.

"내가 일찍 세상을 버려 자네를 만나 볼 수 없었지. 고개를 들고 내 모습을 자세히 보게. 내 비록 저승 사람이 되었지만 자네와 내 자식이 사당에 오를 때면 언제나 참으로 기뻤네. 본래 술은 못하지만 자네가 올리는 술은 취하지 않은 적이 없었어. 지금은 음란한 계집인 교씨가 내 제사를 받들고 있으니 어찌 그것을 받아서 먹을 수 있겠나? 자네가 집을 떠난 뒤로는 한 번도 사당에 가지 않고 오직 이곳에 있으면서 자네를 의지했지. 이제 자네는 또다시 멀리 떠나야 할 것이네. 그것이 하늘이 정한 운명이라고는 하나, 어찌 슬프지 않겠는가?"

사씨는 시어머니의 발을 붙들고 목이 메어 울면서 말했다.

"고모님께서 불러 도성으로 가려고 했습니다. 그런데 그 편지가 가짜라고 말씀하시니 다른 곳으로 가지 않고 이곳에서 늙어 죽겠사옵니다. 그런데 지금 또 멀리 떠나라 하시는 것은 무슨 까닭이옵니까?"

유 소사가 말했다.

"그런 뜻으로 말한 것이 아니네. 그 편지가 가짜이기는 하지만, 자네가 이곳에 그대로 머문다면 못된 사람에게 화를 당할 것이야. 앞으로 칠 년 동안 운수가 사나울 것이니 남쪽 오천 리 밖으로 가서 이를 피하도록 하게. 염려하지 말고 멀리 가려고 노력하게."

"이곳에 있으면 화를 면하지 못한다고 하시나 남쪽으로 간들 어디에다 이 몸을 맡기겠사옵니까?"

유 소사가 말했다.

"천기를 미리 누설할 수는 없지만 자네에게 한마디 부탁은 해야겠네. 지금부터 육 년 뒤 사월 보름날 저녁에 반드시 백빈주 아래쪽에 배를 대고 있다가 한 사람을 구해 주도록 하게. 지금 이곳은 저승의 문턱이라 자네가 오래 머물 수 있는 곳이 아니네. 빨리 돌아가게나."

사씨는 절을 올리고 하직하며 목 놓아 슬피 울었다. 유모는 악몽을 꾸는 것이라 생각하고 사씨를 불러 깨웠다. 그것은 한바탕 꿈이었다. 사씨는 일어나 앉아 유모에게 꿈속의 일을 자세하게 말했다. 그러고는 다시 두 부인의 편지를 찾아 들고 여러 차례 읽어 보았으나 가짜라는 단서를 찾을 수 없었다. 그러다가 문득 깨달았다.

"두 홍로는 이름이 강(强)이신지라, 두 부인께서는 언제나 강 자를 입에 올리지 않으셨지. 그런데 이 편지에는 강 자가 있으니, 가짜인 게 분명해. 그런데 어떤 사람이 남의 필체를 이렇게도 똑같이 흉내 낼 수 있는지 모르겠구나."

잠시 뒤 날이 밝자 사씨는 다시 유모에게 말했다.

"시아버님께서 분명히 남쪽 오천 리 밖으로 가라고 가르쳐 주셨네. 꿈속이라 비록 자세히 여쭙지는 못했지만 배를 백빈주에 대야 한다는 말씀도 하셨지. 오천 리 밖 백빈주가 있는 곳이라면 장사 땅을 가리키는 것이야. 시부모님의 뜻은 나로 하여금 두 부인을 찾아가 의지하게 하려는 것인 듯하네. 그렇지만 두 부인께서는 지금껏 내 이야기를 듣

 • **백빈주**(白蘋洲) 흰 마름꽃이 피어 있는 물가.

지 못하셨을 것이고 또 그곳으로 가는 배도 구하기 어려우니 어떻게 해야 하겠나?"

그때 문득 늙은 사내종이 와서 아뢰었다.

"두 홍로 댁 사람이 가마를 가지고 왔습니다."

유모가 그 사람에게 따져 물으려 하자 사씨가 말했다.

"저들은 틀림없이 못된 무리일 것이네. 변고를 일으키는 것도 어렵지 않을 테고. 그러니 그냥 내가 밤에 감기가 들어 일어날 수 없다고만 이르게."

유모가 사씨가 일러 준 대로 말하자 두 홍로 댁 사람이라는 자들은 서로 돌아보며 머뭇거렸다. 그러다가 억지로 어떻게 할 수 없다는 것을 알고 돌아가 동청에게 고했다. 동청이 말했다.

"내가 들으니 사씨는 지혜로운 사람이라 하던데, 틀림없이 답장을 보낸 뒤에 의심하는 마음이 생긴 것이야. 도성으로 사람을 보내 알아보려고 병을 핑계로 움직이지 않는 것이로군. 우리가 꾸민 일이라는 걸 알게 되면 우리에게도 큰일이 닥칠 거야."

냉진은 사씨의 편지를 보고 미칠 듯이 기뻐했다가 일이 그렇게 되자 다시 흥이 깨져 동청에게 말했다.

"이미 일을 시작했는데 어떻게 물러날 수 있겠소? 글로 성공하지 못했으니 당연히 힘으로 해야겠지. 나와 의형제를 맺은 사람이 네댓 명정도 있는데 모두 거칠 것이 없는 데다 의리가 있다네. 밤에 저들과 함께 가서 사씨를 강제로 끌고 오겠네. 사씨가 순순히 따라 준다면 그것은 내 복이고 만일 그러지 않으면 단칼에 찔러 죽여 화근을 없애 버리겠네. 그러는 것이 좋지 않겠나?"

"형의 말이 내 생각과 똑같구려."

사씨는 꿈속에서 들었던 말이 비록 분명하기는 했으나 의심스러운 생각이 들어 결정을 내릴 수가 없었다. 그래서 묘소를 바라보며 향을 피우고 빌었다.

'꿈속에서 분명한 가르침을 받았으나, 다시 생각해 보니 묘소를 떠나는 것은 차마 할 수 없는 일이옵니다. 여자의 몸으로 먼 길을 가는 것은 몹시 두려운 일이옵니다. 이제 점을 쳐서 의혹을 풀고자 하오니, 엎드려 바라옵건대 시부모님 신령께서는 이 복 없고 팔자 사나운 사람을 불쌍히 여겨 점괘를 분명히 보여 주시어 나쁜 운수를 피하고 좋은 운수로 나아가게 하소서.'

다 빌고 나서 동전을 던지자 나온 점괘는 이러했다.

서남쪽은 이롭고 동북쪽은 이롭지 않도다. 서남쪽으로 가면 사람을 만날 것이니라. 훨훨 떠나가는 여인이여! 놀라지도 말고 두려워하지도 마라. 항아가 달에 의탁했으니 시간이 유유히 흐른 뒤 마침내 크게 창성할 것이로다.

사씨는 탄식하며 말했다.

• 항아(姮娥) 달 속에 있다는 전설 속의 선녀. 예(羿)의 아내였는데 먹으면 죽지 않고 오래 산다는 남편의 약을 가지고 달로 달아났다고 한다.

"신령의 명이로구나!"

사씨는 즉시 늙은 사내종을 통주(通州) 나루로 보내 남쪽으로 가는 배를 찾게 했다. 늙은 사내종이 돌아와 고했다.

"통주 사람 장삼(張三)은 본래 두 홍로 댁의 종으로, 근년에는 남쪽 지방으로 왕래하면서 생강을 파는 것을 업으로 삼고 있다고 하옵니다. 지금 곧 배를 띄워 광서(廣西) 지방으로 가려 하는데, 도중에 장사를 거쳐 간다고 하옵니다."

사씨는 크게 기뻐하며 말했다.

"두 홍로 댁의 종은 우리 집 종과 다를 바 없다. 이 또한 신령께서 도우신 거네."

사씨는 즉시 노자를 장만하여 통주로 가면서 이웃 사람들에게는 신성현으로 간다고 말했다. 사씨는 시부모님 묘소 앞에 나아가 통곡하며 절을 올린 뒤 길을 떠났다.

그날 밤 냉진은 자신의 무리와 함께 사씨를 강제로 끌고 가려 했으나 초가집은 텅텅 비어 있었다. 냉진은 몹시 화를 내며 돌아갔다.

남쪽으로 가는 사씨

사씨는 통주로 가서 장삼의 배를 탔다. 장삼은 사씨를 알아보고 장사로 가는 내내 정성을 다했으며 감히 게으름을 부리지 않았다.

배는 여러 달을 운항했다. 아침에는 바람이 불고 저녁에는 모래가 날렸다. 오나라 땅의 산은 천 겹이었고, 초나라 땅의 물은 만 굽이였다. 봄부터 가을까지 여러 지방을 지나 호광(湖廣) 지방에 이르렀다.

사씨는 장사 땅이 점점 가까워지는 것을 보면서 적이 마음을 놓았다. 그런데 화용현(華容縣)에 이르자 사나운 바람이 끊임없이 불어 배가 앞으로 나아가지 못했고 배 안의 사람들 대부분 병이 들었다. 그리하여 강 언덕 나무에 배를 매어 놓고 잠시 강 마을에서 묵기로 했다.

산을 등지고 물가 쪽으로 사립문을 낸 초가집이 있어 사씨가 어린 계집종을 보내 사립문을 두드리게 하니 여자아이가 나왔다. 나이는

열네댓 살 정도였고 아리따운 모습이 마치 복사꽃 핀 가지 하나가 강물에 비친 것 같았다. 소녀가 사씨를 맞아 마루에 앉도록 하자 사씨가 소녀에게 물었다.

"낭자는 누구이기에 홀로 빈집을 지키고 있는가?"

"저의 성은 임가(林哥)이옵니다. 아비는 일찍 죽었고 어미 변씨(卞氏)와 함께 살고 있습니다. 어미는 어제 일을 보러 강을 건너갔다가 역풍을 만나 아직 돌아오지 못했습니다."

소녀는 물러나 어린 계집종에게 사씨에 대해 묻더니 부엌으로 들어가 음식을 장만한 뒤 촛불을 켜고 저녁밥을 올렸다. 좋은 술과 고기가 올랐고, 들에서 자란 채소와 산에서 따온 과일도 모두 정결하여 먹을 만했다. 사씨는 술과 고기는 사양하고 과일과 채소만 들며 소녀에게 감사의 인사를 했다.

"먼 곳에서 온 길손이 폐를 끼쳐 정말 미안하네."

"부인은 하늘에서 내려오신 분이신데 시골이라 정성을 다하지 못했습니다. 무례하기 이를 데 없사옵니다."

사씨는 그날 밤 임씨 소녀 집에서 잤다. 이튿날도 바람이 불어 사흘 동안 그곳에서 머물렀다. 소녀는 더욱 정성을 다했다. 사씨는 출발을 앞두고 행낭에 남겨 둔 가락지를 꺼내 소녀에게 주면서 말했다.

"하찮은 물건이지만 그대의 고운 손에 끼고 서로 잊지 말았으면 좋

● **행낭**(行囊) 큰 주머니에 싼 짐 꾸러미.

겠소."

"부인께서 노자가 부족하실 것이니 사양하겠습니다."

"장사 땅이 그리 멀지 않으니 남겨 둔들 어디에 쓰겠소?"

소녀는 비로소 조심스럽게 받아 손가락에 끼고는 눈물을 뿌리며 사씨와 작별했다.

사씨가 다시 길을 떠난 지 며칠 뒤에 늙은 사내종이 병으로 죽었다. 사씨는 몹시 슬퍼하면서 장삼에게 명하여 강가 언덕에 시신을 묻게 했다. 사씨는 일행 가운데 사내종이 없어 매우 난처해지자 넌지시 갈 길이 얼마나 남았는지 물어보았다. 장삼이 대답했다.

"모레쯤이면 장사에 닿을 것입니다."

사씨는 매우 기뻤다. 순풍을 받은 배는 동정호 어귀를 지나 악양루(岳陽樓) 아래로 빨리 나아갔다. 그곳은 바로 옛날 전국 시대 때 초나라 땅으로, 순임금을 따라 죽은 아황과 여영, 물에 뛰어들어 죽은 초나라의 어진 신하 굴원, 굴원을 흠모했던 한나라의 재주 많은 선비 가의, 이들 네 사람의 유적이 남아 있는 곳이었다. 창오산 기슭에 구름이 일거나 소상강에 밤비가 내리거나 동정호에 달이 밝거나 황릉묘에서 두견새가 슬피 울 때면, 비록 아무런 인연이 없는 사람이라 해도 언제나 슬퍼하며 눈물 흘리고 크게 탄식하지 않는 사람이 없었으니, 이곳은 예전부터 사람들을 창자가 끊어질 정도로 슬프게 하는 땅이었다. 사씨는 몸을 바르게 닦고 행실을 깨끗하게 하여 남편을 섬겼다. 그러나 모함 때문에 고통을 겪으며 이리저리 떠돌다가 이곳에 이르렀다. 우러러 옛사람을 조문하고 굽어 자신의 신세를 생각하니, 어찌 슬프지 않겠는가? 사씨는 밤새도록 불을 밝힌 채 잠을 이루지 못했다.

그때 남북을 오가는 배가 주변에 매여 있었는데, 고요한 밤이라 사씨는 사람들의 말소리를 들을 수 있었다. 누군가가 말했다.

"우리 장사 사람들은 추관이 바뀐 뒤로 거래를 잘하지 못했어."

곁에 있던 뱃사람이 물었다.

"무슨 말인가?"

"지난해에는 두 추관이 청렴하고 죄를 잘 다스려 백성들이 원망하는 소리가 없었네. 그런데 새로 온 추관은 뇌물을 좋아해서 옳고 그름을 제대로 가려 주지 않으니 어찌 거래를 잘할 수 있겠나?"

사씨는 속으로 생각했다.

'두 추관이 장사 땅을 떠나 서울의 벼슬아치가 되었다는 말은 믿을 만한 소리였구나!'

날이 밝자 사씨는 장삼에게 알아보게 했다. 장삼이 돌아와 고했다.

"과연 그렇습니다. 우리 두씨 서방님께서 선정을 베푸셔서 지방을

• **순(舜)임금** 중국 고대 전설에 나오는 임금인 삼황오제(三皇五帝) 가운데 한 사람.
• **아황(娥皇)과 여영(女英)** 순임금의 아내들로, 순임금이 죽자 물에 뛰어들어 죽었다고 한다. 아황을 상군(湘君), 여영을 상부인(湘夫人)이라고 한다.
• **굴원(屈原)** 중국 전국 시대 초나라의 정치가이자 시인으로, 모함을 받아 자신의 뜻을 펴지 못하다가 결국 물에 빠져 죽었다.
• **가의(賈誼)** 중국 전한 때의 학자이자 정치가.
• **소상강(瀟湘江)** 동정호 남쪽에 있는 소수(瀟水)와 상강(湘江)을 이르는 말.
• **황릉묘(黃陵廟)** 상강 가에 있는 아황과 여영을 모신 사당.

다스리는 수령으로 발탁되어 지난달에 이미 임지로 가셨다고 합니다."

사씨는 하늘을 우러러 탄식했다.

"나의 곤궁함이 이 지경까지 이르렀구나. 하늘이 나를 죽이려 하는구나!"

사씨가 장삼에게 말했다.

"내가 장사 땅에 간들 누구를 만나겠느냐? 자네는 우리를 이곳에 내려놓고 길을 떠나게."

"장사 땅으로 가자는 말씀은 하실 필요가 없어졌고, 소인 또한 갈 길이 급하옵니다. 부인께서는 이제 어디로 가시려 하옵니까?"

"그것은 묻지 말게."

장삼은 강가에 있는 집을 한 채 구해 그곳에서 세 사람이 살게 하고는 사씨에게 하직 인사를 한 뒤 배를 저어 떠났다.

유모와 어린 계집종이 울면서 말했다.

"노자가 이미 다 떨어졌고 사방을 둘러보아도 의지할 만한 곳이 없사옵니다. 앞으로 어찌하시렵니까?"

"내가 눈은 있으나 사람을 알아보지 못했고 행실도 남에게 믿음을 주지 못해, 스스로 곤욕을 불러 지금 이 지경에 이르게 되었구나. 어찌 죽음을 두려워하겠느냐? 마음이 답답하니 고향 땅이라도 한번 바라보고 싶구나. 너희들이 나를 부축하여 높은 곳으로 올라가자."

사씨는 집 뒤 강 바로 옆 깎아지른 듯한 언덕으로 올라갔다. 거친 풀과 어지러운 대숲 사이에 오래된 정자가 있었다. 가까이 다가가서 정자를 바라보니 회사정(懷沙亭)이라고 쓴 편액이 걸려 있었다. 굴원이 물속으로 몸을 던진 곳이라 후세 사람들이 정자를 지어 놓았던 것이다. 사씨가 유모에게 말했다.

"두 추관이 장사 땅을 떠났다는 말을 처음 들었을 때는 지난번 꿈이 영험이 없는 것은 아닌가 하고 생각했네. 그런데 이제야 신령의 가르침이 무엇을 뜻하는지 알았어."

"그것이 무슨 말씀이옵니까?"

"이 땅은 바로 옛날 충신이 모함을 받고 물로 뛰어들어 목숨을 끊었던 곳이네. 시부모님 신령께서는 내가 옛사람처럼 죄가 없다는 것을 잘 알고 계시므로, 이곳에 스스로 뛰어들어 죽게 함으로써 정절을 지켜 옛사람과 더불어 이름을 나란히 하도록 하려는 것이었네. 이 어찌 우연이라 할 수 있겠는가? 맑은 강물이 천 길은 족히 될 듯하니, 가히 내 뼈를 묻을 만하구나!"

말을 마친 사씨가 물로 뛰어들려 하자 유모와 어린 계집종이 울면서 말했다.

"저희도 천신만고 끝에 부인을 따라 이곳까지 왔습니다. 마땅히 생사를 함께해야 할 것이니, 부인과 함께 물로 뛰어들겠습니다."

"나는 실로 죄인이니 죽는 것이 마땅하나, 자네들은 죄가 없는데 무슨 까닭으로 나를 따르겠다는 것인가? 행낭 속의 노자는 아직 두 사람이 나누어 쓸 만큼은 되네. 한 사람은 아직 나이가 어리고 유모는

● **임지(任地)** 임무를 받아 근무하는 곳.
● **편액(扁額)** 종이, 비단, 널빤지 따위에 그림을 그리거나 글씨를 써서 방 안이나 문 위에 걸어 놓는 액자.

밥을 지을 줄 아니 어찌 주인을 만나지 못할까 염려하겠는가? 각자 몸을 잘 돌보고 있다가 나중에 북쪽 지방 사람을 만나거든 내가 이곳에서 죽었다고 말이나 해 주게. 살고 죽는 일은 중대한 것이니 죽는 때를 분명하게 밝혀 두지 않으면 안 되겠네."

사씨는 붓을 들어 정자 기둥 위에 크게 글씨를 썼다.

모년 모월 모일에 사씨 정옥이 물에 빠져 죽도다.

사씨는 이윽고 붓을 던지며 하늘을 우러러 탄식했다.

"푸른 하늘이시여! 어찌하여 저를 이토록 망극한 지경에 이르게 하셨나요? 착한 사람에게 복을 주고 악한 사람에게 재앙을 준다는 옛사람의 말이 어찌 부질없는 소리가 아니겠습니까? 비간은 심장을 갈랐고 오자서는 눈알을 뽑았습니다. 굴원은 상강에 빠졌고 가의는 〈복조부〉를 읊었습니다. 예로부터 본디 그와 같았는데, 제가 어찌 그렇게 하지 않겠습니까? 하늘 위에 드넓게 떠 계신 부모님과 시부모님의 신령이시여! 바라건대 소녀의 넋을 데려가 함께 노닐게 하소서!"

사씨는 북쪽을 향해 빌고 나서 유모를 돌아보며 말했다.

"다시 술잔을 받들고 시아버님의 사당에 올라가고 싶네만 어찌 그럴

비간(比干) 중국 은나라 주왕(紂王)의 숙부. 주왕의 잘못을 간하다 죽임을 당했다.
오자서(伍子胥) 중국 춘추 시대 초나라 사람. 간신의 참소로 죽게 되자 자결했다.
〈복조부(服鳥賦)〉 가의가 장사로 귀양 가서 자신의 불우한 처지를 쓴 글로, '복조'는 '불길한 새'를 뜻한다.

수 있겠나? 내 아이는 죽었는지 살았는지 알 수도 없고, 내 아이와 아우를 한 번만 볼 수 있다면 죽어도 무슨 한이 있겠나!"

세 사람이 손을 맞잡고 강물을 내려다보았다. 깊이를 헤아릴 수 없는 파도가 크게 일렁이고 있었고, 날씨는 어둠침침하고 쓸쓸했다. 하늘을 덮은 검은 구름은 사방에서 몰려들었으며 원숭이는 슬피 울고 귀신은 휘파람을 불었다. 모든 것이 사람의 슬프고 분한 마음을 돕는 듯했다. 마침내 세 사람은 함께 큰 소리로 울었다. 사씨가 숨을 쉬지 못하고 의식을 잃자 유모와 어린 계집종이 사씨의 팔다리를 주물렀다.

사씨가 정신이 혼미한 가운데 문득 들으니, 기이한 향내가 나면서 옷에 차고 있던 옥이 부딪치는 소리가 들렸다. 눈을 들어 바라보니 푸른 옷을 입은, 용모가 이상한 두 여자아이가 앞에 나타나 사씨에게 말했다.

"저희 낭랑께서 모시고 오라고 하셨습니다."

사씨는 당황해 하며 급히 자리에서 일어나 말했다.

"그대들은 누구시며 낭랑은 어디 계신가요? 일찍이 낭랑을 뵌 적이 없는데 부른다고 어찌 함부로 갈 수가 있겠소?"

푸른 옷을 입은 아이가 말했다.

"부인! 어서 가시지요."

사씨가 푸른 옷을 입은 아이를 따라가자 웅장한 성곽과 성문이 나타났는데 마치 임금이 거처하는 곳 같았다. 3층 문 안으로 들어가니 궁궐이 구름 사이로 이어져 있었는데 유리 기와와 백옥 계단으로 꾸며 놓은 것이 엄숙하면서도 아름다워 사람이 사는 곳이 아닌 것 같았다.

"부인께서는 잠시 여기서 기다리십시오."

사씨는 궁궐 문 동쪽에 있는 집에 앉아서 기다리다가 문틈으로 궁궐 안을 들여다보았다. 넓은 뜰에는 궁궐을 상징하는 문양이 그려진 깃발이 구름 사이로 줄지어 세워져 있었으며 수백 명의 아름다운 여자들이 각기 신선의 음악을 연주하고 있었는데, 그 소리가 크게 울려 퍼져 장엄했다. 또한 다섯 가지 빛깔의 신령한 새들이 무리를 지어 울면서 서로 화답하고 있었는데, 그 소리도 맑고 아름다워서 듣는 사람의 마음을 평온하게 했다. 궁녀가 부인 백여 명을 인도하여 계단 아래에 차례로 서게 했는데, 그들은 모두 머리에 관을 쓰고 가슴에 노리개를 차고 있었다. 또 다른 궁녀 두 사람이 계단 위에서 진주로 된 발을 걷어 올렸다. 황금으로 된 향로에서는 용뇌라는 향이 타고 있었다. 궁녀가 큰 소리로 "배(拜)!" 하고 외치자 여러 부인들이 일시에 네 번 절한 뒤 몸을 바르게 했다. 이어 궁녀가 부인들을 인도하여 차례로 궁전 위로 올라갔다. 사씨가 푸른 옷을 입은 아이에게 물었다.

"저것은 무엇을 하는 것이오?"

"오늘이 보름이라 부인들이 낭랑을 뵙는 예식을 올리고 있습니다."

말을 채 마치기도 전에 시녀가 궁궐에서 나와 물었다.

"사 부인을 모셔 왔느냐?"

● **낭랑**(娘娘) 왕후나 공주 같은 귀한 집 여자를 높여 부르는 말.
● **용뇌**(龍腦) 인도에서 나는 좋은 향료(香料).

"모셔 왔어요."

시녀는 사씨를 옥 계단 앞으로 데려가 그 앞에 서게 한 뒤 낭랑에게 네 번 절하게 했다.

궁녀가 다시 또 말을 전했다.

"사 부인께서는 궁궐로 올라오시랍니다."

푸른 옷을 입은 아이는 다시 사씨를 인도해 서쪽 계단을 올랐다. 사씨는 궁궐로 들어가 바닥에 엎드렸다. 그러자 낭랑은 자리를 내주며 사씨를 앉게 했다. 사씨는 낭랑을 우러러 바라보았다. 낭랑은 용과 봉황을 새긴 관을 쓰고 있었고, 구름과 안개를 수놓은 옷을 입고 있었으며, 푸른빛 옥홀을 들고, 보름달 모양의 옥 노리개를 찬 채, 백옥으로 만든 의자에 앉아 있었다. 그 옆에는 또 한 명의 부인이 앉아 있었는데, 위엄 있는 모습과 옷차림새가 낭랑과 비슷했다. 부인 백여 명도 낭랑의 좌우로 나뉘어 앉아 있었는데, 그들 가운데는 나이 든 사람도 있었고 젊은 사람도 있었으며 아름다운 사람도 있었고 그렇지 못한 사람도 있었다. 그렇지만 옷차림새는 모두 똑같았는데, 엄숙하고 가지런한 광경은 보는 사람을 두렵게까지 만들었다.

낭랑이 사씨에게 물었다.

"부인은 나를 아시겠소?"

"미천한 제가 어찌 감히 낭랑을 알겠사옵니까?"

* 옥홀(玉笏) 옥으로 만든 홀. 홀은 신하가 임금을 만날 때 손에 쥐던 물건.

"부인은 서책을 두루 섭렵했으니 우리의 이름을 아실 것이오. 우리는 요임금의 딸이요, 순임금의 두 왕비랍니다. 《사기》에서 말한 아황과 여영, 《초사》에서 말한 상군과 상부인이 바로 우리 자매지요."

사씨는 자리에서 일어나 머리를 조아리며 말했다.

"속세에 사는 저는 오직 서책을 통해 훌륭하신 덕과 꽃다운 이름을 우러러 사모했는데 뜻밖에도 이곳에 와서 몸소 뵙게 되었습니다."

"이렇게 부인을 맞이한 것은 다른 까닭이 아니오. 부인은 귀한 몸을 아끼지 아니하고 분연히 굴원의 뒤를 따르려 하셨소. 그러나 이는 하늘의 뜻이 아니오. 또한 부인은 하늘을 부르며 말하기를 하늘이 무지하다고 하셨소. 부인의 총명함으로도 깨닫지 못하는 바가 있었던 것이오. 이제 그 억울함을 풀어 드리겠소."

"낭랑께서 그렇게 하교하시니 제 속마음을 털어놓고자 합니다. 저는 참으로 어리석게도 '하늘의 도는 사사로움이 없으니 오직 착한 사람을 돕는다.'라고만 생각하고 있었습니다. 그런데 요즈음에 다시 보니 그렇지 않은 바가 많았습니다. 예로부터 충신이나 의로운 사람들 중에 끔찍한 변고를 당한 자가 오자서나 굴원만 있는 것이 아닙니다. 먼저 여자의 경우를 말씀드리겠습니다. 시인들은 위나라 장강의 아름다움과 덕을 칭송했고, 공자는 그 시를 기록으로 남겨 후에 사람들이 법도로 삼게 했습니다. 장강은 재주와 덕성이 뛰어났는데도 모함을 받아 남편에게 박대를 당했습니다. 한나라 반첩여는 임금을 예의로 섬겨 함께 수레를 타지 않겠다며 사양했습니다. 또한 몸을 지혜롭게 보전하여 태후를 봉양하겠다고 원했습니다. 그로 인해 옛 선비들의 칭송을 받았으나 조비연의 질투를 당해 장신궁(長信宮)에서 한을 품고 살았습니다. 이 두 사람은 뚜렷하고 분명하게 드러난 경우입니다. 그 밖에 현부(賢婦), 열녀(烈女)로서 화를 당한 사람들을 또한 어찌 다 말할 수 있겠습니까? 저는 본래 보잘것없는 집안에서 태어난 여자이고, 일찍이 아버지를 잃고 어머니의 지나친 사랑을 받으며 자라 배운 것이 아무것도 없었습니다. 유 소사께서 매파의 말을 잘못 들으시고 예를 갖추어 저를 며느리로 삼으셨으니, 참으로 분수에 넘치는 일이었습니다. 저는 밤낮으로 삼가고 두려워하기를 마치 얼음을 밟은 듯이, 연못가에 서 있는 듯이 하면서 큰 죄나 범하지 않기를 바랐습니다. 그러나 유 소사께서 세상을 버리신 뒤로 집안일이 크게 어긋났습니다. 제 한 몸은 남산의 대나무를 모두 베어서 쓴다 해도 죄상을 다 기록할 수 없으며 동해의 물을 기울여 붓는다 해도 오명을 다 씻어 낼 수 없어, 마침내 저는 얼굴을 가리고 시집의 대문을 나섰으며 눈물을 뿌리며 시부모님의 묘소를 떠났습니다. 저는 인간 세상을 멀리 떠났으나 소상강에서 길이 막혀 하늘을 향해 호소했지만 아무런 응답도 듣지 못했습니다. 땅을 파고 들어갈 수도 없었습니다. 그래서 천 길 물가에 서서 실낱같은 목숨을 버리려고 했습니다. 비록 벌레 같은 미물이라 하더라

• 《사기(史記)》 중국 한나라의 사마천(司馬遷)이 엮은 역사책으로, 중국 역대 왕조의 사적을 담고 있다.
• 《초사(楚辭)》 중국 초나라 굴원의 사부(辭賦)와 그의 작풍을 이어받은 그의 제자 및 후인의 작품을 모아 엮은 책.
• 반첩여(班婕妤) 중국 전한 성제(成帝) 때의 궁녀.
• 조비연(趙飛燕) 중국 전한 성제 때의 황후.

도 저처럼 곤궁한 경우가 어찌 있겠습니까? 아녀자의 좁은 소견에 천지에 유감이 없을 수 없어 망령스럽게도 슬피 부르짖었더니 낭랑께서 듣게 되었던 것입니다. 저의 죄는 만 번을 죽어도 마땅하옵니다."

낭랑은 좌우를 돌아보며 미소를 짓더니 이내 정색하고 대답했다.

"그대는 굴원처럼 하늘의 이치를 의심하시는가? 내가 하나씩 말해 드리리라. 오나라 임금은 미친 사람처럼 말과 행동이 사나웠고 초나라 회왕은 사리에 어둡고 분별력이 없어 하늘에 죄를 지었소. 그래서 하늘은 이 두 나라를 망하게 한 것이오. 오자서와 굴원이 쓰일 수 없었던 것은 형세가 그러했기 때문이었소. 어찌 하늘이 두 사람을 미워했겠소? 만일 장공이 장강의 보좌를 받았다면, 위나라는 틀림없이 초나라 장왕이 이룩한 업적을 이룰 수 있었을 것이오. 성제가 반첩여가 경계한 말을 들었다면, 한나라는 틀림없이 주나라 선왕(宣王)이 이룩한 중흥을 이룰 수 있었을 것이오. 그런데 두 임금들은 어리석어 하늘의 복을 받을 수가 없었고, 두 부인들도 자연히 버림받게 되었던 것이오.

하늘이 오와 초를 멸망하게 하고 위와 한을 쇠잔하게 하여 그들 네 임금의 죄를 다스렸고, 네 사람의 신하는 덕행과 명예와 절개를 훌륭하게 이룰 수 있었소. 네 사람은 살아서는 한때 곤궁을 당했으나 죽은 뒤에는 만세토록 영화를 누리게 된 것이지요. 하늘의 이치가 이처럼 밝고도 밝으니 어찌 어긋나는 일이 있겠소?

우리 자매는 허약한 여자들일 뿐이었소. 비록 돌아가신 아버님께 배웠다고는 하나 돌아보면 남들보다 나은 것도 없었지요. 부귀한 집안에서 자랐으나 감히 시댁에서 교만을 부리지 않았고, 시부모님의 성품이 엄격하셔서 조심하며 우러러 모셨을 따름이었소. 상제(上帝)께서 이를 아름답게 여기시고 이 땅의 신으로 봉하여 천하 부녀자들의 교육을 담당하게 하셨지요.

이 자리의 부인들도 모두 역대의 현부와 열녀들이오. 다행히 서로 잊지 않고 때때로 바람과 구름을 타고 와서 이렇게 모이곤 하지요. 생전의 슬픔이나 기쁨, 영광이나 치욕 같은 것을 지금 다시 생각할 필요가 무엇이 있겠소?

이로써 보건대 사람이 선을 행하지 않을지언정 하늘이 어찌 선량한 사람을 저버리겠소? 하물며 부인이 당한 일은 옛날에 불행을 겪은 사람들과도 다른 것이오. 유씨 집안은 본래 선한 일을 많이 한 가문으로 조상이 남겨 준 은택이 아직 끊어지지 않았소. 유 소사는 충성스럽고 곧은 선비였으며 유 한림 또한 군자다운 사람이오. 그러나 한림은 불행하게도 너무 일찍 벼슬하여 아직 천하의 사리를 두루 알지는 못한다오. 그래서 하늘이 잠시 재앙을 내려 그를 크게 깨우치려 하기 때문에 부인도 함께 고통을 겪고 있는 것이지요. 한림이 허물을 고칠 때까지 기다렸다가 다시 부인으로 하여금 돕도록 하려는 것이오. 이렇게 하늘이 유 한림을 돕는 것은 결코 우연이 아닙니다. 그런데도 부인은 어찌 그처럼 생각이 좁고 급한가요?

부인은 오명을 쓰고 있다고 여기고 있으나 이는 마치 구름이 공중에 떠 있는 것과 같다오. 부인을 해치려고 하는 자들이 한때나마 자신의 생각대로 되어 음란과 사치를 일삼으며 즐거워하고 있으니 하늘은 저들의 악행이 뚜렷해질 때까지 기다리고 있다가 곧 벌을 내릴 것이오. 부인은 무엇 때문에 저들과 옳고 그름을 다투려 하시오?"

낭랑은 시녀에게 명하여 사씨에게 차를 대접하게 하더니 잠시 뒤에 다시 말했다.

"부인! 서둘러 돌아가시오."

"저는 갈 곳이 없사옵니다. 낭랑께서 저를 비루하다 생각하지 않으신다면 시녀라도 되어 이 땅에 의탁하고 싶습니다."

낭랑이 웃으며 대답했다.

"부인은 훗날 자연히 이곳으로 와서 조대가와 맹덕요 같은 훌륭한 사람들과 어깨를 나란히 하게 될 것이오. 지금은 머무르기를 원한다 하더라도 그렇게 할 수 없다오. 남해도인은 그대와 오래 묵은 인연이 있소. 잠시 찾아가 몸을 의탁하도록 하시오. 이 또한 하늘의 뜻이라오."

"남해는 하늘 끝에 있으며 길도 매우 험하다고 합니다. 그런데 제게는 수레도 없고 말도 없으며 양식 또한 없습니다. 어떻게 그곳까지 갈 수 있겠사옵니까?"

"길을 인도하는 사람이 있을 것이니 염려하지 마세요."

낭랑은 이어 동편 벽 쪽에 앉아 있던, 용모가 아주 아름답고 눈이 고운 사람을 가리키며 말했다.

"저 사람이 바로 그대가 말한 위나라 장강이라오."

그러고는 용모가 우아하고 담백해 보이는 사람을 가리키며 말했다.

"저 사람이 바로 반첩여라오."

다시 서편 벽 쪽에 있는, 반첩여를 닮은 사람을 가리키며 말했다.

"저이가 조대가라오."

몸이 뚱뚱하고 얼굴이 검은 사람을 가리키며 말했다.

"저 사람은 양 처사의 아내 맹씨라오."

사씨는 자리에서 일어나 다시 그들에게 인사를 올렸다.

"여러 부인들! 옆에 가까이 모시는 것이 평생소원이었습니다. 그런데 뜻밖에도 지금 이렇게 친히 모습을 뵙게 되었습니다."

네 사람은 눈길만으로 마음을 전할 따름이었다. 사씨가 절하고 하직을 고하자 낭랑이 말했다.

"힘써 선을 행하시오. 오십 년 뒤에 우리 다시 만나도록 합시다."

낭랑은 다시 푸른 옷을 입은 두 아이에게 명하여 사씨를 인도해 궁궐에서 내려가게 했다. 잠시 뒤 궁궐 위에는 일시에 구슬로 꿰어 만든 열두 개의 발이 쳐졌는데, 옥이 부딪치는 아름다운 소리가 들렸다. 사씨가 놀라 몸을 움찔하며 잠을 깨자 유모의 어린 계집종이 사씨를 부축하여 일으켜 앉혔다. 날은 이미 저물어 있었다.

• **조대가(曹大家)와 맹덕요(孟德曜)** 조대가는 중국 후한 화제(和帝) 때 사람인 반소(班昭)를 가리키는 말로, 황후와 귀인들의 스승 노릇을 했다. 맹덕요는 중국 후한 때 사람 양홍(梁鴻)의 아내로, 남편을 극진히 섬겼다고 한다.

• **남해도인(南海道人)** 관세음보살을 이르는 말.

사씨와 교씨가
본보기로 삼은 여성은 누구일까?

김만중은 《사씨남정기》의 배경을 중국의 명나라로 정하고, 중국의 옛 고사와 선인들의 이야기를 들어 현재를 비추는 거울로 삼습니다. 특히 여성들이 본보기로 삼거나 경계해야 할 인물들을 작품 곳곳에 소개하고 주요 부분에서는 직접 등장시키기도 하지요. 이들이 품고 있는 숨은 의미를 좀 더 상세히 알아볼까요?

반소(조대가)

반소(班昭)는 중국 후한의 여성 문호입니다. 한나라의 역사서인 《한서(漢書)》를 완성한 반고(班固)의 여동생이자 조세숙의 아내였기 때문에 조대가(曹大家)로도 불렸습니다. 학문이 깊어 남편이 죽은 후에는 왕족을 가르쳤으며 뛰어난 전략가이기도 했답니다. 유 소사는 "우리 며느리는 반소 같은 사람입니다."라며 반소를 들어 사정옥의 학식을 높이 평가합니다.

태사

태사(太姒)는 중국 주(周)나라 문왕의 아내이자 무왕의 어머니였습니다. 남편의 첩들에게 관대하고 어질어 첩들도 그녀를 추앙했으며 아들 열 명을 훌륭히 길러 냈다고 합니다. 《시경》에서도 "훌륭한 덕을 갖춘 요조숙녀는 군자의 좋은 배필이로다."라며 태사의 현숙함을 칭송했습니다. 사정옥도 태사를 본받아 남편의 첩을 아끼며 어진 아내가 되려 했지만 교씨에 의해 상황은 의도치 않게 흘러가고 맙니다.

측천황제(무소의)

측천무후(則天武后)는 당나라 고종의 아내였으며 중국 역사상 최초이자 유일한 여황제였습니다. 자기 손으로 딸을 죽인 뒤 본래 황후였던 왕씨에게 누명을 씌워 왕비의 자리를 꿰찼으며 아들들도 차례로 처단해 결국 스스로 황제가 됩니다. 수단과 방법을 가리지 않는 간악함으로 욕망을 이루어 낸 악녀지만 동시에 여걸이라는 칭송을 받기도 합니다. 동청은 교채란에게 측천황제의 이야기를 알려 주어 같은 방법으로 사씨를 쫓아내는 데 성공합니다.

아황과 여영

아황(娥皇)과 여영(女英)은 요(堯)임금의 딸입니다. 요임금은 순임금에게 두 딸을 시집보내고 임금의 자리를 물려주지요. 자매인 두 왕비는 순임금과 화목하게 지냈는데, 남방 지역을 순시하던 순임금이 그만 병을 얻어 죽고 맙니다. 남편을 찾아 나선 아황과 여영은 동정호에서 부고를 듣고는 슬픔을 이기지 못해 강물에 몸을 던져 죽습니다. 사씨 또한 자신의 처지를 비관하여 두 왕비가 몸을 던진 동정호에 뛰어들어 자결하려 합니다. 하지만 아황과 여영의 혼령이 나타나 사씨를 구하고 앞날을 기약하게 하지요.

반첩여

반첩여(班婕妤)는 한나라 성제의 후궁이며 명망 있는 시인이었습니다. 처음에는 임금의 총애를 받았으나 뒤이어 후궁이 된 조비연에 의해 모함을 받지요. 조비연은 반첩여와 황후가 임금을 저주하고 있다는 무고를 올려 이들의 자리를 차지하려 합니다. 반첩여는 모진 고문을 당하면서도 끝까지 결백을 주장하여 결국 혐의를 벗습니다. 사씨도 반첩여와 같은 처지에 놓였으나 이를 현명하게 극복한 선인들의 이야기를 본보기로 삼아 역경을 헤쳐 나갑니다.

반첩여의 고사를 그린 고개지의 〈여사잠도〉

묘희의
수월암으로 가다

사씨는 정신이 황홀했다. 한참 만에 비로소 안정을 되찾았으나 차 향기는 여전히 입안에 남아 있었다. 낭랑의 말도 모두 또렷하게 생각났다. 유모에게 물었다.

"내가 방금 전에 어디를 다녀왔소?"

유모가 말했다.

"부인께서는 한동안 숨도 제대로 쉬지 못하다가 깨어나셨습니다. 어디를 가셨겠사옵니까?"

사씨는 꿈에 낭랑과 만났던 일을 이야기하면서 산 뒤쪽의 대나무 숲을 가리키며 말했다.

"나는 분명 푸른 옷을 입은 아이를 따라 저 길로 갔어. 그것이 어찌 꿈이겠는가? 내 말을 믿지 못하겠거든 따라와 보게."

사씨는 길 하나를 찾아 숲 속으로 들어갔다. 산 뒤에는 황릉묘라 이름 붙인 사당이 한 채 있었는데, 아황과 여영을 제사 지내는 곳이었다. 황릉묘의 모습은 꿈속에서 본 것과 비슷했는데, 전각(殿閣)이 쇠퇴하여 단청(丹靑)이 벗겨져 있는 것이 달랐다. 사당 문으로 들어가 전각 위로 올라가니, 두 왕비의 모습을 본떠 찰흙으로 만든 형상이 꿈속에서 본 것처럼 기품이 있었다. 사씨는 향을 피운 뒤 절을 올리며 축원했다.

"미천한 제가 낭랑께 큰 도움을 받았습니다. 베풀어 주신 그 큰 덕을 어찌 잊을 수 있겠습니까?"

사씨는 물러나 서쪽 회랑(回廊)으로 가 앉았다. 사씨는 배가 몹시 고파 어린 계집종에게 사당지기의 집에서 음식을 얻어 오게 했다. 세 사람은 허기를 달랜 뒤 서로 말을 주고받았다.

"눈앞에 의탁할 만한 곳이 한 군데도 없구나. 신령도 또한 사람을 놀리는 것인가?"

흐릿한 달빛 속에서 문득 두 사람이 사당 문으로 들어섰다. 한 사람은 비구니였고, 한 사람은 여자아이였다. 사씨 일행을 발견한 두 사람은 서로 돌아보더니 앞으로 다가와 말했다.

"낭자! 혹시 환난을 만나 물로 뛰어들려고 하셨던 분 아니십니까?"

세 사람은 깜짝 놀랐다.

"스님은 어디서 그 이야기를 들으셨습니까?"

비구니가 사씨에게 예를 갖춰 인사하며 말했다.

"우리는 동정호 가운데 있는 군산(君山)에서 살고 있습니다. 오늘 꿈에 관세음보살께서 어진 부인이 환난을 만나 물에 뛰어들려고 하니 급히 황릉묘로 가서 그분을 구해 모시고 오라고 하셨습니다. 그래서 급히 배를 저어 넓은 호수를 건너 이곳으로 왔더니 과연 낭자를 만났습니다."

사씨가 말했다.

"내가 죽으려던 사람입니다. 이렇게 스님에게 구제를 받게 되니, 너무나도 감격스러우나 암자로 가서 폐를 끼칠 일을 생각하니 마음이 편치 않습니다."

"출가한 사람은 본래 자비를 베풀고자 합니다. 게다가 관세음보살의 명까지 받았는데, 낭자는 어찌 그런 말씀을 하십니까?"

마침내 그들은 서로 부축하며 언덕을 내려가 배에 몸을 실었다. 비구니와 여자아이가 노를 젓기도 전에 문득 한 줄기 순풍이 황릉묘에서 불어왔다. 배는 순식간에 군산 아래에 도착했다. 군산은 동정호 한가운데 있었는데, 사방은 모두 물뿐이요 산은 온통 바위와 대나무 숲뿐이어서 예로부터 사람의 발자취가 닿지 않는 곳이었다. 비구니가 사씨를 부축하고 좁은 길을 따라 올라갔다. 길이 험해 자주 쉬어야 했는데, 마침내 한 암자에 도착했다. 그 암자의 이름은 수월암(水月庵)으로, 그윽하면서 맑고 깨끗해 사람 사는 곳이 아닌 것 같았다.

세 사람은 종일토록 고생한 터라 깊은 잠에 빠져 날이 밝는 것도 깨닫지 못했다. 비구니 스님은 불당을 깨끗하게 쓸고 향을 피운 후 경쇠를 쳤다. 그리고 사씨를 불러 예불을 올리게 했다. 사씨는 잠자리에서 일어나 유모와 어린 계집종과 함께 세수를 한 뒤 불당으로 올라갔다. 사씨는 불상 앞에서 절을 하다가 머리를 들어 불상을 바라보더니 처연히 눈물을 흘렸다.

스님이 괴이하게 여겨 물었다.

"낭자! 왜 우십니까?"

사씨가 말했다.

"불상 위쪽에 쓰여 있는 찬문(贊文)은 내가 어렸을 때 손수 글을 짓고 글씨까지 썼던 것이라오. 지금 다시 보니 자연 슬퍼지는군요."

스님이 깜짝 놀라 말했다.

"그렇다면 낭자께서는 신성현의 사 소저 아니십니까? 저도 목소리와 용모가 익숙하다고 생각했습니다. 소승이 바로 낭자에게 저 글을 청했던 우화암의 묘희옵니다."

사씨도 깜짝 놀라며 말했다.

"오래전 일이라 스님을 알아보지 못했군요."

"실은 소승이 그 당시에 유 소사의 명을 받아 낭자에게 글을 청했사옵니다. 유 소사께서는 저 글을 보시고는 몹시 기뻐하시며 낭자와의 혼인을 결정하셨습니다. 소승에게도 상을 많이 주셨지요. 그런데 소승은 스승을 찾는 일이 급해 낭자의 혼사를 보지 못하고 형산으로 달려갔지요. 그곳에서 십 년 동안 수도하다가 스승이 돌아가셔서 이곳으

● **경쇠** 놋으로 밥그릇처럼 만들어 가운데에 구멍을 뚫고 자루를 달아 노루 뿔 따위로 쳐 소리를 내는 기구로, 예불할 때 쓴다.

로 왔습니다. 암자를 짓고 이곳에 머문 지도 일 년이 지났습니다. 찬문을 외우거나 필적을 대할 때마다 마치 낭자를 친히 뵙는 것 같았습니다. 그런데 왜 이곳까지 오게 되셨사옵니까?"

사씨는 유씨 집안으로 들어간 뒤에 겪었던 일들을 자세하게 이야기했다. 그러자 묘희가 탄식하며 말했다.

"세상의 일이란 본래 그런 것입니다. 부인께서는 이제 마음에 두지 마십시오."

사씨는 화상을 바라보았다. 그림 속 풍경이 실제 암자 주변의 풍경과 다름이 없었다. 찬문의 내용도 자신의 신세를 그려 놓은 것 같아 크게 탄식하며 말했다.

"모든 일이 다 미리 정해져 있는데, 사람이 어떻게 할 수 있겠는가? 다만 그림 안의 보살에게는 선재동자가 있는데 나의 품 안에는 인아가 없구나!"

사씨는 매일 향을 피우고 한림이 마음을 돌리고 인아를 다시 보게 해 달라고 축원했다.

어느 날 묘희가 조용히 사씨에게 물었다.

"절에 오셨으니 승복을 입으시는 게 어떻겠습니까?"

"내가 이곳으로 온 것은 부득이한 일이었소. 본래 사대부의 아녀자인데 어떻게 승복을 입을 수 있겠소?"

"소승은 유 한림이 군자다운 분이라 생각하옵니다. 비록 한때 모함하는 말을 믿었으나 어찌 훗날 허물을 뉘우치지 않겠습니까? 소승이 스승에게 공부할 때 사람의 운명을 살펴보는 법을 배운 적이 있으니,

부인의 사주(四柱)를 말씀해 주소서."

사씨는 태어난 해와 달, 날과 때를 차례로 말했다. 묘희가 따져 보더니 축하하며 말했다.

"부인의 운수에는 다섯 가지 복이 모두 갖추어져 있습니다. 앞으로 육칠 년 동안은 액운이 들어 있으나 그때만 지나고 나면 영화를 누리시게 될 것이니, 마음을 느긋하게 가지시어 귀하신 몸이 상하지 않도록 하옵소서."

사씨는 그 말이 지난번 꿈속에서 유 소사에게 들었던 말과 똑같은 것이 신기해 묘희에게 물었다.

"백빈주는 어디에 있습니까?"

"동정호 남쪽에 있는데, 그다지 멀지 않은 곳입니다. 그런데 그건 왜 물어보시나요?"

사씨는 꿈속에서 시부모님께서 부탁하신 일을 이야기하며 다시 말했다.

"가르침을 받았으나 아직도 그 뜻을 깨우치지 못했지요."

"때가 되면 알게 될 것이옵니다."

사씨는 묘희에게 오는 도중에 사나운 바람을 만나 임씨 집에서 머물렀던 일을 말하며 임씨의 현숙함을 칭찬했다. 그러자 묘희가 말했다.

"부인께서 소승의 조카를 만나셨던가 봅니다. 조카아이의 이름은 추영(秋英)으로, 소승의 미천한 여동생이 그 아이만 남겨 둔 채 일찍 죽었습니다. 조카의 아비는 변씨를 얻어 후처로 삼고는 죽었지요. 변씨는 조카아이를 소승을 따라 출가시키려고 했습니다. 소승이 조카아이의 사주를 보니, 틀림없이 귀하게 되어 자식을 많이 둘 운수였습니다. 그래서 변씨에게 데리고 있으면서 잘 돌봐 주도록 권했습니다. 근래에 들으니 추영이 효성스럽고 부지런하며 계모와 함께 살면서도 아주 즐겁게 지낸다고 합니다."

사씨가 말했다.

"얻기 어려운 것이 바로 계모의 마음이지요. 그런데 열 살 조금 넘은 어린아이의 행실이 그렇게 훌륭하니 저 같은 사람이 어떻게 부끄러워하지 않겠습니까?"

사씨는 감탄하기를 그치지 않았다. 사씨와 유모는 암자에 머물면서 묘희와 힘든 일을 함께 했다. 사씨의 어린 계집종과 암자의 여자아이는 배를 타고 마을로 나가 쌀을 구해 왔다. 그렇게 세월을 보내고 있으니 어느새 속세의 인연도 점차 잊게 되었다. 참으로 천지 사이에 집 없는 나그네요, 자연에서 노니는 머리를 기른 중이라 이를 만했다.

사씨가 시부모 묘소를 떠난 직후에 냉진은 동청에게 그 사실을 알렸다. 그리고 다시 수소문하여 사씨가 신성현으로 갔다는 소문을 듣고 그곳으로 갔으나 종적을 찾을 수 없자 교씨와 동청은 매우 의아하게 생각했다. 교씨가 한림에게 말했다.

"소문에 사씨가 한 사내를 쫓아 먼 지방으로 달아났다 하니 참으로 음탕한 여자입니다. 인아는 그 배 속에서 나왔으니 성품과 행실이 반드시 악할 것입니다. 또한 사씨가 오래전부터 그 사내를 만나고 있었으니, 인아를 집안에 그대로 두는 것은 가문을 욕되게 하는 것 아니겠습니까?"

"예로부터 못된 어미가 어진 자식을 두는 경우가 적지 않았소. 인아의 외모는 나를 닮았고 돌아가신 아버님과도 닮았소. 그러니 무엇을 의심하겠소?"

한림은 교씨가 혹시 인아에게 해로운 짓이나 하지 않을까 염려해 관심을 갖고 지켜보았다. 그래서 교씨는 인아를 해칠 수가 없었다.

교씨는 자신의 죄악이 크다는 것을 잘 알고 있었다. 그래서 얼굴을 가꾸고 말을 꾸며 대며 음탕한 노래를 부르고 음란한 곡조를 연주하여, 한림을 홀려서 정신을 잃게 만드는 데만 신경을 썼다. 또한 혹독하게 벌을 주어 종들을 억눌렀다. 어쩌다 자신에 대해 말하면 불로 살을 지지고 칼로 혀를 잘랐다. 집안사람들은 두려워 몸을 떨었으며 감히 교씨를 바라볼 수조차 없었다. 그럴수록 교씨는 더욱 방자해졌다. 한림이 궁중에서 숙직을 설 때면 언제나 납매만을 거느리고 백자당에서 잤다. 그리고 거리낌 없이 동청을 그곳으로 불러들였다. 그 사실을 아는 사람이 적지 않았으나 속으로만 분통을 터트릴 따름이었다.

어느 날 천자께서 궁궐에서 제사를 지내, 한림도 이에 참여했다. 그런데 마침 천자께서 병이 들어 한림은 일찍 궁궐 바깥으로 나갈 수 없었다. 한림이 새벽이 되어 집으로 돌아가자 시비 추향이 한림을 맞으며 일러 말했다.

"부인께서는 백자당에 계십니다."

교씨는 한림이 돌아왔다는 말을 듣고 급히 자리에서 일어나 안채로

들어갔다. 한림이 교씨에게 물었다.

"백자당은 오랫동안 청소도 하지 않았는데, 부인은 무엇 때문에 그 곳에서 주무셨소?"

"안채에서 자면 꿈자리가 사납습니다. 혼자서 잘 때는 반드시 귀신이 나타나옵니다."

"나도 요즈음에는 편안하게 잠을 잘 수가 없었소. 점쟁이에게 물어보아야겠소."

그때 엄 승상은 천자를 보좌하면서 신선과 귀신을 숭상하여 기도를 일삼고 있었다. 간의대부 해서(海瑞)가 엄 승상의 잘못을 탄핵하자 천자는 크게 노하여 해서를 군대에 집어넣으라고 명했다. 한림이 상소를 올려 힘써 구하려 하자 천자는 다시 조서를 내려 한림을 엄하게 꾸짖었다. 아울러 차후에 모든 벼슬아치 가운데 감히 기도하는 일을 거론하는 자는 목을 베어 죽인다는 법도 제정했다. 한림이 두려워 병을 핑계로 집 안에만 있자 친구들이 모두 찾아가 위로했다.

어느 날 도 진인이 한림을 찾아왔다. 한림은 그에게 꿈자리가 불편한 사정에 대해 이야기한 뒤 함께 안채로 들어가 기운을 살피도록 했다. 도 진인이 한림이 거처하는 침실의 흙벽을 허물게 하자 조그만 나무 인형이 수없이 많이 나왔다. 한림은 몹시 놀라 얼굴빛이 하얗게 질렸다. 그러자 도 진인이 웃으며 말했다.

• 간의대부(諫議大夫) 임금에게 잘못을 고치도록 간하는 일을 맡아보던 벼슬.
• 진인(眞人) 도교의 진리를 깨달은 도사(道士)를 가리키는 말.

"이것은 사람을 해치려고 하는 물건이 아닙니다. 상공을 모시는 자들이 상공의 총애를 얻고자 이런 짓을 한 것일 뿐이옵니다. 예로부터 간혹 이런 일이 있었는데, 사람의 정신을 혼미하게 만드는 것이니 없애겠습니다."

도 진인은 즉시 그것들을 불태우게 하고는 말했다.

"이제 별일 없을 것입니다. 그러나 상공의 집안은 기운이 매우 사납습니다. 방술서에는 집안의 기운이 사나우면 주인이 집을 떠나야 한다고 했습니다. 상공의 두 눈썹 사이에도 검은 기운이 서려 있으니 집을 떠나 재앙을 피해야 합니다. 아울러 말씀도 삼가야 화를 면할 수 있습니다."

"삼가 가르침대로 따르겠습니다."

한림은 진인을 보낸 뒤에 마음속으로 생각했다.

'지난번에 이런 일이 있었을 때 사씨가 한 짓이라 생각했어. 그런데 지금은 사씨가 떠난 지도 오래되었고 이 방을 새로 수리했다는 말도 들었는데……. 나무 인형이 저렇게나 많이 나오다니……. 집안에 간사한 사람이 있는 게 분명하구나. 사씨가 억울한 일을 당한 것은 아닐까?'

그 일은 교씨와 이십랑이 한 짓이었다. 교씨가 꿈자리가 사납다고 한 것은 백자당에서의 간악한 자취를 은폐하려고 둘러댄 것에 불과했다. 그런데 교씨의 요망한 방술이 들통 나고 말았던 것이다. 한림은 여전히 그것이 교씨가 저지른 일이라는 것을 깨닫지 못했다. 하지만 나무 인형을 태우고 난 뒤, 마치 가려져 있던 덮개를 걷어 내듯, 몇 년 동안 홀려서 정신없던 상태에서 벗어나 정신과 기운이 다시 맑고 밝게 되살아났다. 한림은 고개를 숙이고 앉아 지난 사오 년 동안의 일들을 곰곰이 생각해 보았다. 후회하는 마음이 점점 일어나는 것이 마치 꿈에서 깨어나는 것만 같았다.

그때 마침 어떤 사람이 찾아와 두 부인의 편지를 전했다. 두 부인은 그때까지도 사씨가 쫓겨난 것을 알지 못하고 있었기에, 한림을 권면하고 훈계하는 말이 더욱 간절했다. 한림은 그 편지를 두세 차례 거듭 읽었는데, 담겨 있는 뜻이 이치에 맞았다. 한림은 다시 마음속으로 생각했다.

'사씨의 죄는 모두 세 가지였어. 첫째는 흉한 물건을 묻었다는 것인데, 의심스러운 점이 있어. 둘째는 옥반지 일인데, 사씨는 사람됨이 본래 방탕하지 않으며 나이 또한 적지 않아. 옥반지는 비록 내 눈으로 직접 본 것이지만 시비의 음란한 행실 때문에 일어난 일인지 어떻게 알 수 있지? 셋째는 장주가 죽은 일이야. 춘방은 죽을 때까지 죄를 자백하지 않았어. 무슨 다른 사정이 있지 않았을까?'

이와 같은 생각이 들자 한림은 마음이 편하지 않았다.

교씨는 본바탕이 약삭빨라서, 한림의 기색이 전과 다른 것을 눈치채고는 크게 놀라 동청에게 알렸다. 그러자 동청이 말했다.

"우리 둘 사이의 일을 사람들이 알지 못한 것은 아니나 한림에게 고하는 자가 없었던 것은 저들이 부인을 두려워하기 때문입니다. 한림의

• **방술서(方術書)** 도사가 행하는 신선의 술법을 적은 책.

마음이 변하면 부인을 헐뜯으려는 자들이 구름처럼 모여들 것이고 그렇게 되면 우리 두 사람은 죽을 자리도 찾지 못할 것입니다."

"일이 이미 여기에까지 이르렀으니 어떻게 해야 화를 면할 수 있을까요?"

"오직 한 가지 방법이 있을 뿐입니다. 옛말에 이르기를 '남이 나를 저버리게 하는 것보다는 차라리 내가 남을 저버리는 편이 낫다.' 했으니, 남들 모르게 음식에 독약을 넣어 한림을 죽여 버립시다. 그리고 우리 두 사람이 부부가 되는 것입니다. 안 될 것이 무엇이 있겠소이까?"

교씨가 깊이 생각하더니 대답했다.

"정말 좋은 계교군요. 그런데 혹시 일을 잘못하다가는 큰 화를 당할 것입니다. 조용히 다시 의논해도 늦지 않을 것입니다."

한림은 병을 핑계로 한동안 집에만 있다가 마지못해 대궐로 나아갔다. 교씨는 동청과 함께 서재에서 이야기를 하고 있었는데, 동청이 우연히 책상 위에서 종이 한 장을 발견했다. 바로 한림이 지은 시가 적힌 종이였다. 동청은 두세 번 읽어 보더니 얼굴에 웃음이 가득하여 교씨에게 말했다.

"하늘이 우리 두 사람을 백 년 부부가 되게 하려나 봅니다."

"무슨 말씀입니까?"

"지난번에 천자께서 기도하는 일을 거론하는 자는 목을 베겠다고 조서를 내려 법을 제정했지요. 한림이 지은 시는 바로 그 일을 비판한 것입니다. 심지어 엄 승상을 옛날의 요망한 사람에 비유하고 있습니다. 이 시를 엄 승상에게 보이면 엄 승상은 천자께 아뢰어 법에 따라 다스릴 것입니다. 그러면 우리 두 사람이 어찌 부부가 되지 않겠습니까?"

교씨는 몹시 기뻐했다.

"지난번에 말씀한 계교는 위험하여 실행하기가 어려웠는데, 이제 다른 사람의 손을 빌려 해칠 수 있게 되었으니 어찌 통쾌한 일이 아니겠습니까?"

교씨는 왜 이렇게 나쁜 짓을 저질렀을까?

교채란은 벼슬하던 집안의 자식으로, 외모가 아름답고 길쌈에 능하며
학식을 갖춘 여성이었습니다. 하지만 이야기가 전개될수록 점점 악행을 저지르며
돌이킬 수 없는 죄를 쌓아 가지요. 교채란이 수단과 방법을 가리지 않고 얻고 싶었던 것
들을 찬찬히 살펴보면, 그녀의 악행이 단순히 교씨 개인의 욕망에서 비롯된 것이
아님을 알 수 있습니다. 신분과 현실의 제약 때문에 첩의 길을 선택할 수밖에 없었던
여성들과 그 자식들의 삶은 실상 아무것도 보장받을 수 없는 불안한 것이었지요.
교채란은 어쩌면 불평등한 사회 구조에 반기를 들려 했지만 그 방식을 잘못 선택해
파멸하고 만 비운의 주인공일지도 모릅니다.

첩과 서자의 현실

교씨는 가장 먼저 아들 낳기를 소망합니다. 여자아이를 잉태했다는 이야기를 듣고는 부적을 써서 아이의 성별을 바꾸려 하지요. 이는 교채란이 첩으로서 가장 중요하게 해내야 했던 역할이 대를 이을 아들을 낳는 것이었기 때문입니다. 사씨와 교씨 사이의 불행은 사정옥이 아들을 낳으면서 시작됩니다. 정실부인인 사씨가 아들을 낳으면 첩의 자식인 교씨의 아들은 서자가 되어 사회적, 제도적으로 차별을 받을 수밖에 없었으며 집안에서도 뒷전으로 밀려나게 되었지요. 교씨는 아들에게 이런 불행을 물려주지 않으려고 사씨의 득남을 방해합니다. 하지만 결국 인아가 태어나자 이들의 존재 자체를 없애기 위해 애씁니다. 이는 유연수의 집에서 자신과 아들의 입지를 지키기 위한 교채란의 몸부림이라고 볼 수 있습니다.

적서 차별

조선은 제도적으로는 일부일처제 사회였습니다. 하지만 뿌리 깊은 가부장 질서는 여러 아내를 두는 것을 암묵적으로 인정했으며, 본처 이후에 들어온 아내들을 첩이라 하여 그와 자식들에게 애꿎게 불이익을 주었습니다. 적서 차별이 본격적으로 시작된 것은 조선 태종 때부터였으며 서자들의 출세를 제한하는 서얼금고령은 성종 때 성문화되었지요. 《경국대전》에는 "실행한 부녀 및 재가한 여자의 자손은 동서의 관직에 임명하지 말라." "재혼하거나 실행한 부녀의 아들 및 손자, 서얼의 자손은 문과에 응시하지 못하게 하라."라고 밝혀 두었습니다. 능력이나 품성과는 상관없이 지위와 출세에 제약을 받았던 첩과 서자들의 고통은 적서 차별이 철폐된 흥선 대원군 섭정기까지 계속되었습니다. 처와 첩에게 같은 조건과 기회를 보장하고, 처의 자식과 첩의 자식에 대한 차별이 없었다면 교씨는 파멸의 길로 들어서지 않았을지도 모를 일입니다.

가족사진 찍습니다!

유연수의 유배

동청은 한림의 시를 소매 속에 넣고는 바삐 엄 승상의 집으로 달려가 문지기에게 말했다.

"큰일이 있으니 이 댁 어른을 뵈어야겠다."

문지기가 들어가 엄 승상에게 그 말을 전했다. 엄 승상은 동청을 불러 물었다.

"무슨 일이냐?"

"소인은 유연수의 집에서 밥을 얻어먹고 있는 사람이옵니다. 그 집에 의탁하고 있으면서 항상 그 사람이 의논하는 말을 듣곤 했습니다. 그는 승상을 해치려는 마음을 품고 있는 간사하고 사악한 사람입니다. 어제는 유연수가 술에 취해 소인에게, '엄 승상이 임금을 잘못된 길로 이끌고 있어. 내가 비록 강하게 아뢸 수는 없으나 시 한 수를 지어서 내 뜻을 보일 수는 있을 것이야!'라고 하더니 이 시를 직접 지었습니다. 소인이 '어느 구절에 깊은 뜻이 담겨 있습니까?'라고 묻자 '이 구절에 천서(天書)와 옥배(玉杯)라는 말을 썼지. 이는 임금을 속인 신원평과 왕흠약에 승상을 비유한 것이네. 절묘하지 아니한가?'라고 말했습니다. 소인은 이 일이 발각되면 틀림없이 죄인을 고발하지 않은 죄로 처벌받을 것이라고 생각했사옵니다. 소인은 두려움을 견딜 수 없어 이 시를 몰래 훔쳐 승상에게 바치고 죄를 면하려 하옵니다."

엄 승상은 그 시를 받아 보더니 차갑게 웃으며 말했다.

"유희 부자가 유독 나를 따르려 하지 않더니, 이놈이 죽고 싶은 게로구나!"

엄 승상은 그 시를 가지고 대궐로 들어가 천자께 아뢰었다.

"근래 조정의 기강이 해이하여 나이 어린 신하들이 국법을 두려워하지 않으니 매우 한심한 일입니다. 지금 폐하께서 새로이 법을 세우셨는데, 유연수가 감히 저를 모욕하고 폐하를 비방하였사옵니다. 목을 베야 마땅하옵니다."

그 시를 읽은 천자가 성을 내며 노여워하더니 즉시 유연수를 감옥에 가두라고 명했으며 장차 그를 죽이려고 했다. 그 사실을 안 태학사 서계(徐階)가 천자께 아뢰었다.

• **신원평**(新垣平)**과 왕흠약**(王欽若) 신원평은 중국 한나라 때의 사람으로 도술에 능통했는데 옥으로 만든 술잔(옥배)에 글을 새겨 임금을 속였고, 왕흠약은 중국 송나라 때의 문신으로 '문자가 하늘에 쓰여 있는 것(천서)을 보았다.'는 말로 임금을 속였다.

"폐하께서는 장차 가까이 모시던 신하를 죽이려 하시나 사람들은 그 죄를 아직 모르고 있사옵니다. 청컨대 연수의 시를 보여 주옵소서."

천자는 그 시를 꺼내 보여 주며 말했다.

"연수는 나와 이 나라를 비방했소. 어찌 죽이지 않을 수 있겠소?"

"어진 임금이 다스리는 조정에서 말한 것과 글로 쓴 것 때문에 선비를 죽이는 것은 옳지 않사옵니다. 연수의 죄를 가볍게 처결하심이 마땅하옵니다."

천자의 안색이 점점 풀리자 엄 승상이 말했다.

"서계의 말이 저와 같으니 연수를 먼 곳으로 유배하는 것이 마땅하겠습니다."

"그렇게 하라."

엄 승상은 집으로 돌아가 관리를 불러 연수를 행주(幸州)로 유배하라고 명했다. 동청이 승상에게 물었다.

"연수는 드러내 놓고 승상을 비방했습니다. 왜 죽이지 않으셨나요?"

"마침 그를 도와주는 자가 있어 극형을 쓸 수 없었네. 그러나 행주는 험한 곳이라 살아 돌아온 자가 없었지. 칼로 죽이나 몽둥이로 죽이나 무엇이 다르겠는가?"

동청은 몹시 기뻐했으나 한림의 집안사람들은 놀라 근심에 싸였다. 교씨도 겉으로는 슬픈 표정을 지었다. 한림이 도성 문을 나서자 교씨는 종들을 거느리고 나가 큰 소리로 울었다.

"제가 어떻게 홀로 집에 남아 있겠사옵니까? 마땅히 상공을 따라가 생사를 함께하겠사옵니다."

"나는 이제 멀리 험한 곳으로 떠나니 살아서 돌아올 것을 기약할 수 없소. 위로 조상의 제사를 받들고 아래로 두 아들을 돌보는 일을 부인만 할 수 있을 뿐인데 어떻게 함께 가자고 할 수 있겠소? 인아가 비록 죄인의 자식이라고는 하나 성품이 자못 효성스럽고 착하다오. 그러니 잘 길러 주기 바라오. 인아가 사람답게 큰다면 나는 죽어도 여한이 없을 것이오."

"상공의 자식이 바로 저의 자식이옵니다. 제가 어찌 봉추와 다르게 대하겠사옵니까?"

한림은 고맙다고 말했다.

전에 한림이 막 옥문을 나서려고 할 때 동청의 소행에 대해 말하는 사람이 있었다. 한림은 그 일을 떠올리고 집안사람들에게 동청이 어디에 있는지 물었다.

"집을 나간 지 사나흘이 지났으나 아직 돌아오지 않고 있습니다."

한림은 늙은 종 몇 사람만을 거느리고 옥리를 따라 남쪽으로 내려갔다.

동청은 엄 승상이 천거해 진류현(陳留縣)의 현령이 되었는데, 자신을 엄 승상의 양자라 스스로 일컬었다. 동청과 몰래 하간 지방에서 만나 함께 진류현으로 가기로 약속한 교씨는 집안사람들에게 이렇게 둘러댔다.

"언니가 하간에서 살고 있는데 만나 보려고 하네."

교씨는 자신의 심복인 납매와 설매 등 시비 대여섯 명과 인아, 봉추만을 데리고 길을 나섰다. 인아의 유모와 다른 하인들은 그대로 남아 집을 지키게 했다. 인아의 유모가 따라가겠다고 하자 교씨가 꾸짖으며 말했다.

"인아는 벌써 젖을 뗐고 나 또한 머지않아 돌아올 것인데, 네가 가서 무엇하겠느냐?"

교씨는 유씨 집안의 금과 옥과 가지고 갈 수 있는 보물을 모두 가지고 하간으로 달려갔다. 배로 며칠을 가서 호타하(滹沱河)에 도착하자 교씨는 설매를 불러 잠자고 있는 인아를 가리키며 말했다.

"인아를 안고 나가 물속에 던져 버려라. 저 화근을 없애지 않으면 화가 네게도 미칠 것이다."

설매는 인아를 안고 인적이 드문 곳으로 가서 물속에 던지려다가 문득 다시 생각해 보았다.

'사 부인은 나를 아끼셨어. 그런데 나는 교씨와 함께 사 부인을 모함했지. 지금은 아들까지 죽이려 하다니⋯⋯. 이처럼 모질게 구니 하늘이 두려운 게 아니라 사람이 두렵구나!'

마침내 설매는 인아를 갈대숲 속에 버리고 돌아가 교씨에게 고했다.

"물속에 던지니 처음에는 떴다 잠겼다 하다가 곧 가라앉았습니다."

"잘했도다."

교씨가 하간 지방에 도착하자 동청은 위엄 있는 태도와 차림새를

⦁ 옥리(獄吏) 형벌에 관한 일을 맡아 행하던 하급 벼슬아치.

갖추고 교씨를 기다리고 있었다. 동청은 새로 좋은 벼슬자리를 얻었고, 또 교씨를 아내로 얻었으며, 유씨 집안의 재물도 몽땅 손안에 넣었다. 동청은 의기양양하여 배에 가득 실은 술을 마시며 교씨와 함께 마음껏 즐겁게 놀았다. 동청이 비파를 타자 교씨는 거문고를 당겨 화답했다. 술이 거나하게 취하자 두 사람은 서로에게 말했다.

"유연수가 형벌로 죽는 것은 겨우 면했지만 살아서 돌아올 수는 없을 것이야!"

한림은 서울을 떠난 지 반년 만에 구사일생으로 유배지에 도착했다. 행주 땅은 산천과 풍속이 아주 특이했으며 모진 바람과 독한 안개가 아침저녁으로 일어 사람이 살 수 없는 곳이었다. 얼마 지나지 않아 한림은 병을 얻어 자리에 눕고 말았다. 한림은 틀림없이 자신이 죽을 것이라 생각하고 눈물로 뒤범벅이 된 채 큰 소리로 길게 탄식했다.

"동청이 나를 이 지경에 빠지게 했어. 사씨가 애초 내게 동청은 단정한 사람이 아니니 가까이 두지 말라고 했었지. 내가 그 말을 듣지 않아 스스로 화를 당한 거야. 사씨는 좋은 사람이었는데, 내가 미처 알아보지 못했어. 죽어서 무슨 면목으로 돌아가신 아버님을 뵐 수 있겠는가?"

행주 땅에는 본래 의원도 약도 없었다. 한림은 밤낮으로 자신의 일을 생각하느라 마음이 더욱 편안치 않았으며 병세는 점점 심해졌다.

그러던 어느 날 한림이 꿈을 꾸었는데, 흰옷을 입은 여자가 물병을 들고 찾아와 말했다.

"상공께서는 병이 들었
으니 이 물을 드시지요."

"당신은 누구시기에 내
병을 고쳐 주려 하십니
까?"

"나는 동정호에 있는 군
산에서 살고 있습니다."

여자는 마당 한가운데 그 병
을 놓아두고는 갑자기 사라졌
다. 한림은 꿈에서 깨어나 이상하
게 생각했다. 다음 날 하인들이 마
당을 쓸다가 갑자기 시끄럽게 떠들어 댔다.

"샘이 솟는다!"

한림이 일어나 밖을 내다보니 그 여자가 물병을 놓았던 곳에서 맑
고 차가운 샘물이 콸콸 솟아오르고 있었다. 샘물을 마셔 보니 상쾌하
여 마치 감로수(甘露水)를 마시는 것 같았다. 그 물을 마시고 나서 눈
이 녹고 구름이 걷힌 듯 한림의 병이 하루아침에 깨끗하게 나았다. 손
발을 놀리는 것이 경쾌했으며 모습도 전보다 좋아졌다. 사람들은 모
두 놀라며 감탄했다. 한림이 그 샘에 우물을 파자 수십 리 안에 사는
사람들이 앞다투어 물을 길어 가 마셨다. 그러자 행주 지방에서 마침
내 풍토병이 사라졌다. 행주 사람들은 그 우물을 학사천(學士泉)이라고
불렀다.

한편 교씨와 함께 임지로 간 동청은 백성들의 재물을 긁어모아 반은 자신이 가지고 나머지 반은 엄 승상에게 뇌물로 바쳤다. 그리고 그것만으로는 부족했던지 벼슬자리를 부탁하는 편지를 올렸다.

양아들인 제가 정성을 다하고자 하나 고을이 작아서 재물이 없습니다. 재물이 풍부한 남방의 고을로 갔으면 합니다.

동청의 편지를 받은 엄 승상은 천자에게 상소를 올렸다.

진류의 현령 동청은 학식이 있을 뿐만 아니라 백성을 다스리는 재주 또한 가지고 있사옵니다. 옛날에 백성을 잘 다스렸던 공황도 동청보다 나을 수는 없을 것입니다. 그러니 큰 고을로 보내 시험해 보옵소서.

천자는 자리가 비는 곳을 기다렸다가 높게 쓰라고 명했다. 그때 마침 금은이 많이 나고 장사들이 모여드는 계림(桂林)의 태수(太守) 자리가 비자 엄 승상은 동청을 그곳 태수로 삼았다. 동청은 교씨와 함께 몹시 기뻐했으며 날을 잡아 계림으로 떠나려 했다.

● **공황**(龔黃) 중국 한나라 때 백성을 잘 다스렸던 관리인 공추(龔遂)와 황패(黃覇)를 가리키는 말.

사정옥이 남쪽으로 떠난 이유

'사씨남정기'라는 제목을 풀어 써 보면 '사씨가 남쪽으로 간 이야기'라는 뜻입니다. 사씨는 원래 북경, 즉 지금으로 치면 나라의 중심인 서울에서 살았는데 교씨에 의해 본가에서 쫓겨난 이후로는 북경을 떠나게 됩니다. 사씨가 그 후 찾아가는 남쪽이란 어디이며 이곳은 그녀의 운명에 어떤 의미가 있는 것일까요?

남쪽 오천 리 밖으로 떠나라

사정옥은 본래 북경 남쪽 근방의 하북성에 있던 신성현이라는 곳에 살았습니다. 그리고 북경 안에 있는 순천부의 유연수와 결혼하여 거처를 옮기지요. 이후 유연수의 집에서 쫓겨난 사씨는 교채란의 모함으로 친정으로도 돌아갈 수 없게 되자 시부모님의 묘소 옆에 머뭅니다. 어느 날 사씨의 꿈속에 나타난 시아버지 유 소사는 "북경에서는 칠 년 동안 운수가 사나우니 남쪽 오천 리 밖으로 떠나라." 하고 일러 줍니다. 아울러 장사 지방의 백빈주 아래서 사람을 구하라고도 하지요. 동전으로 점을 쳐 보았더니 역시 "서남쪽은 이롭고 동북쪽은 이롭지 않도다. 서남쪽으로 가면 사람을 만날 것이니라."라는 점괘가 나옵니다. 사씨는 점괘를 믿고 봄부터 가을까지 배를 타고 장사 지방에 다다랐으니, 이곳은 현재의 호남성 근처로 북경에서 천이백 킬로미터나 떨어진 곳이었습니다.

절개 높은 사람들의 유적지가 모인 동정호

장사 지방에는 중국 최대의 호수로 풍경이 아름답기로 유명한 동정호가 있었습니다. 동정호는 두보와 이태백 등 수많은 문학가의 사랑을 받은 장소이자 역사적 의미가 있는

유적지였지요. 전국 시대 순임금의 죽음을 애도하던 두 왕비 아황과 여영은 죽은 남편을 따라 동정호에 몸을 던졌는데, 그들의 묘인 황릉묘가 이곳에 남아 있습니다. 모함을 입어 자신의 뜻을 펴지 못한 초나라의 정치가 굴원과 굴원을 뒤따른 한나라의 학자 가의도 동정호로 흘러 들어가는 멱라에 몸을 던져 결백함을 증명해 보였다고 전해집니다. 사씨가 결국 가 닿은 남쪽은 자신을 버림으로써 뜻과 절개를 지킨 굳건한 선인들의 유적인 셈이었지요. 사씨는 자신이 이곳에 다다른 이유를 선인들처럼 자결하라는 뜻으로 알아챕니다. 하지만 곧 굳건한 의지로 잠시의 악행을 견디고 선함이 일어나는 때를 기다리라는 더 큰 뜻을 깨닫게 됩니다.

사씨가 남쪽에서 만난 사람들
사씨를 아끼던 유연수의 고모 두 부인은 아들 두억이 과거에 급제하여 장사 지방의 추관이 되자 먼저 이 지역에 옵니다. 또한 사씨는 이곳에서 우연히 임씨 소녀를 만나 도움을 입는데, 임씨 소녀는 훗날 사씨의 아들인 인아를 거두어 키우게 되는 둘도 없는 은인이지요. 사씨를 유연수에게 중매한 우화암의 여승 묘희 또한 이곳에 수월암을 짓고 있다가 위험에 처한 사씨를 인도합니다. 마지막에는 동정호 남쪽 백빈주에서 교채란의 음모를 뒤늦게 깨닫고 잘못을 깊이 후회하고 있던 남편 유연수를 만나 오해를 풀게 되지요. 얽히고설킨 사씨의 운명은 남쪽 지방에서 서서히 풀리며 행복한 결말을 맺게 됩니다.

설매, 진실을 말하다

그때 천자는 태자를 책봉하고 사면령을 내려 한림도 고향으로 돌아가
게 되었다. 한림은 원래 서울 사람이었으나 엄 승상에게 해를 당하지
않을까 염려하여 집으로 돌아갈 수 없었다. 한림은 무창(武昌) 지방에
도 전답이 있었기에 그곳으로 가기로 정했다. 한림의 행차가 장사 지
방에 이르렀을 때는 마침 여름이라 남쪽 지방은 몹시 더웠다. 한림은
말에서 내려 길가의 나무 그늘에 앉아 쉬며 마음속으로 생각했다.

'신령의 도움으로 삼 년이나 풍토병이 창궐하는 곳에 있으면서도 다
행히 목숨을 보전할 수 있었고 이제는 천자의 은혜를 입어 고향으로
돌아가게 되었구나. 앞으로는 서울에 있는 처자식을 불러 단란하게
살아야지. 밭을 갈고 고기를 잡으며 어진 임금이 다스리는 좋은 시절
에 한가로운 백성으로 살아갈 것이니, 어찌 즐겁지 않겠는가?'

그와 같이 생각하니 기분이 몹시 상쾌했다. 그때 북쪽에서 어떤 벼슬아치의 행차가 붉은색 장대와 푸른색 깃발을 쌍쌍으로 늘어세우고 큰 소리로 사람들을 물러나게 하며 내려왔다. 한림은 숲 속으로 달려가 몸을 숨긴 채 그 벼슬아치를 바라보았다. 그 벼슬아치는 황금 안장을 얹은 백마를 타고 있었는데 말 뒤를 따르는 종들이 구름처럼 많았다. 그런데 백마를 타고 가는 자는 다름 아닌 바로 동청이었다. 한림은 마음속으로 생각했다.

'저놈이 어떻게 갑자기 저런 높은 벼슬을 얻었을까? 저렇게 위엄을 부리는 것을 보면 태수쯤 되나 보구나. 나를 엄 승상에게 모함하고 그 대가로 벼슬을 받은 게 틀림없어.'

그렇게 생각하니 마음은 더욱 어지럽고 분했다. 다시 길을 가는 사람을 물러나게 하는 소리가 들리더니 잠시 뒤에 비단옷을 입은 시녀 수십 명이 칠보(七寶)로 치장한 수레를 에워싸고 천천히 지나갔다. 눈부시게 화려한 행렬은 햇빛처럼 빛이 났고 향기로운 바람은 십 리까지 퍼져 갔다. 오히려 앞선 행차보다도 더욱 요란하고 성대했다.

한림은 조용히 숨을 죽이고 그 행차가 멀리 지나갈 때까지 기다렸다. 그러고는 다시 말에 올라 큰길을 따라가다가 주막으로 들어갔다. 그 앞집에는 어떤 낭자가 먼저 와 있었는데, 여러 번 밖으로 나와 한림을 바라보더니 한림에게 다가와 말했다.

• **사면령(赦免令)** 죄를 용서하고 형벌을 면제하라는 명령.

"상공께서 어떻게 이곳에 오셨습니까?"

한림이 자세히 보니 바로 설매였다. 한림은 깜짝 놀라 물었다.

"나는 사면을 받고 북쪽으로 돌아가는 길이다. 그런데 너는 무슨 까닭으로 여기에 왔느냐? 집안은 두루 편안하냐?"

설매는 눈물을 흘리며 말했다.

"어떻게 단숨에 다 말씀을 드릴 수가 있겠습니까? 상공께서는 방금 전에 지나간 벼슬아치의 행차를 보셨습니까?"

"동청이 벼슬아치가 되어 지나가더구나. 그 이야기라면 그만두어라. 부인과 아이들은 잘 있느냐?"

"상공께서는 아까 지나간 수레에 타고 있던 사람이 누구라고 생각하셨습니까?"

"그야 당연히 동청의 부인이겠지."

"동청의 부인이 바로 교 부인이옵니다. 저도 교 부인을 따라 말을 타고 가다가 이곳에 내려 잠시 쉬던 참에 뜻밖에 상공을 뵙게 된 것이옵니다."

한림은 눈이 휘둥그레져 넋이 나간 사람처럼 주저앉더니 다시 설매에게 물었다.

"네 말이 몹시 해괴하구나! 세상에 어찌 이런 일이 있을 수 있느냐? 그간의 일을 자세하게 말해 보거라."

"저는 하늘을 속이고 주인을 모함한 죄를 지었습니다. 상공께서 다행히 용서해 주신다면 사실대로 아뢸 것입니다."

"어서 말해 보거라."

설매는 고개를 숙이고 울면서 말했다.

"사 부인께서는 부모가 자식을 사랑하는 것처럼 저희 하인들을 대해 주셨습니다. 그런데도 저는 납매와 교 부인의 꼬임에 넘어갔습니다. 제가 이러저러하게 옥반지를 훔쳤고 이러저러하게 장주 도련님을 죽였다고 거짓으로 증언해 사 부인께서 화를 당하게 했습니다. 저는 비록 만 번을 죽는다 해도 남는 죄가 있습니다. 교 부인은 동청과 정을 통했습니다. 처음에 장주를 저주한 것은 교 부인이 이십랑과 함께 저지른 짓이었습니다. 저주하는 글은 동청이 쓴 것이옵니다. 상공께서 죄를 얻어 멀리 유배되신 것도 교 부인이 꾸민 일이옵니다. 상공께서 막 유배길에 나선 뒤 교 부인은 집안 재산을 모두 챙겨 동청을 따라 집을 떠났습니다. 그리고 인아 공자를 물속에 던지게 했습니다. 저는 본래 미천하나 그런 험악한 일은 일찍이 들어 본 적이 없었습니다."

한림은 인아를 물속에 던졌다는 말을 듣더니 크게 소리치며 말했다.

"내가 어리석어 음탕한 계집에게 속아 죄 없는 처자식을 지켜 주지 못했구나! 무슨 면목으로 세상에 설 수 있단 말인가?"

"교 부인이 호타하에서 제게 인아 공자를 물속에 던지라고 했습니다. 하지만 차마 그렇게 할 수 없어 공자를 숲 속에 몰래 버렸사옵니다. 혹시 누가 거두었을지도 모르겠습니다."

"그렇다면 인아가 살아 있을지도 모르겠구나? 만일 살아 있다면 너는 실로 나의 은인이니, 지나간 일을 어찌 따지겠느냐?"

"교 부인은 잔혹하게 투기를 부렸습니다. 시녀들 가운데 간혹 동청과 가까이하는 자가 있으면 법에도 없는 가혹한 형벌로 죽여 버렸습니다. 저 또한 죽을 날이 얼마 남지 않았습니다."

설매가 소매를 걷더니 불로 지진 자국을 보여 주며 말했다.

"어미의 품을 버리고 호랑이 입으로 들어갔으니 누구를 원망하겠사옵니까? 마부가 문밖에서 기다리고 있습니다. 늦게 가면 교 부인이 의심할 것입니다. 상공께서는 몸을 잘 돌보시어 건강하옵소서."

설매는 문밖으로 나갔다가 다시 들어와 말했다.

"상공께서 어찌 사 부인의 소식을 들으셨겠습니까?"

설매는 사씨가 묘소 아래 머물고 있을 때 교씨와 동청이 냉진을 시켜 겁탈하려 했던 일을 이야기했다.

"그 뒤로는 사 부인이 가신 곳을 알 수 없었는데, 어제 우연히 사람들이 사 부인께서 두 추관의 임지로 가려다 추관이 그곳을 떠났다는 말을 듣고 실망하여 물에 빠져 죽었다고도 하고 죽지는 않았다고도 하는 것을 들었습니다. 그 말이 확실한 것 같지는 않습니다만 들은 대로 아뢰옵니다."

그때 교씨는 설매가 오랫동안 따라오지 않는 것을 의아하게 여기고 있었다. 날이 저물 무렵에야 설매가 도착하자 교씨는 까닭을 물었다.

"말에서 떨어지는 바람에 늦었습니다."

교씨가 설매의 말을 믿지 못해 마부에게 왜 늦었는지 묻자 마부가 대답했다.

"설매가 주막에서 한 벼슬아치를 만나 이야기를 나눴습니다. 곁에 있던 하인에게 물어보니 유배 갔다 사면되어 돌아가는 유 한림이라고 했습니다."

교씨가 다시 그 벼슬아치의 용모와 행색에 대해 물어보고는 깜짝 놀라 동청에게 알리자 동청이 걱정스런 얼굴로 말했다.

"한림이 남쪽 지방에서 귀신이 되지 않았군. 다시 높은 벼슬을 얻으면 우리 두 사람을 그대로 둘 리 있겠는가?"

동청은 급히 마을에서 건장한 장정 수십 명을 징발해 명령했다.

"큰길을 따라가서 유연수의 뒤를 쫓아라. 날이 저물 때를 틈타 반드시 그놈의 머리를 베어 내게 보이거라."

설매는 처음에 납매의 말을 듣고 교씨를 도와 악행을 하며 그녀의 심복이 되었다. 그런데 동청이 여색을 좋아해 시비들을 가까이하자 교씨는 그것을 투기해 직접 몇 사람을 죽였다. 설매는 공을 세웠는데도 교씨가 죽이려고 하자 후회하면서 교씨를 원망했다. 그러던 차에 우연히 옛 주인을 만나 마음에 품고 있던 것을 모두 털어놓았던 것이다. 동청과 교씨가 또다시 한림을 해치려 하는 것을 보고 설매는 자신도 죽음을 면할 수 없으리라는 것을 알았다. 마침내 설매는 목을 매 스스로 목숨을 끊었다.

한림은 길을 가면서 생각에 잠겼다.

'내가 어리석었어. 사악한 말에 빠져 올바른 사람을 멀리해 몸은 위험에 처했고 집안은 망했으며 위로는 조상의 제사도 받들지 못하고 아래로는 처자식도 지키지 못했구나. 내 한 몸도 이리저리 떠돌며 돌아갈 곳이 없으니 천하의 죄인이 되었도다. 죽어 무슨 낯으로 사씨와 인아를 보겠는가?'

한림은 악주(岳州)로 가서 사씨의 소식을 물었다. 그러나 아는 사람이 아무도 없었는데, 한 사람이 말했다.

"지난해 어떤 재상의 부인이 상선을 타고 와서 회사정 아래 정박한 적이 있었습니다."

한림이 다시 회사정 아래 사는 사람에게 물어보니 이렇게 말했다.

"분명히 그런 일이 있었습니다. 그 부인은 흰옷을 입고 있었는데 노파와 어린 계집종을 거느리고 왔다가 회사정으로 올라갔습니다. 그 뒤로는 어디로 갔는지 모르겠습니다. 물에 뛰어들어 죽었다는 말도 있습니다."

한림은 슬퍼하며 다시 회사정 위로 올라갔다. 그러나 사방 어디에도 사람의 자취는 없고 두견새 우는 소리만 들릴 따름이었다. 한림은 차마 그대로 돌아갈 수가 없어 정자 주변을 배회하다가 정자로 다가갔다. 그곳에 걸려 있는 옛사람들의 시를 읽다가 문득 기둥 위를 바라보니 큰 글씨가 한 줄 쓰여 있었다. 한림은 다가가 살펴보았다.

모년 모월 모일에 사씨 정옥이 물에 빠져 죽도다.

그 글을 읽은 한림이 숨이 막혀 쓰러지자 하인이 부축하여 일으켜 세웠다. 한림은 가슴을 치며 말했다.

"사씨를 이 지경에 이르게 한 것은 나의 죄로다. 지금 후회한들 무슨 소용이 있겠는가? 나는 살아서는 죄인이 되고 죽어서는 어리석은 귀신이 되겠구나!"

　한림이 강가에 서서 크게 소리 내어 울자 물결도 따라서 높이 일렁였다. 한림은 소박하게나마 사씨의 제사를 지내 슬픈 회포를 조금이라도 풀고자 했다. 즉시 머물던 곳으로 돌아간 한림은 행낭에서 돈을 꺼내 하인에게 주며 날이 밝는 대로 술과 과일을 사서 준비해 놓도록 시켰다. 한림은 등불 아래 혼자 앉아 제문(祭文)을 지으려 했으나 마음이 어지러운 데다 눈물마저 흘러내려 한 글자도 쓸 수가 없었다. 하인은 이미 피로에 지쳐 잠에 빠져 있었다.

　그때 갑자기 대문 밖에서 고함 소리가 크게 들려왔다. 한림이 깜짝

놀라 일어나 창문을 열자 호랑이 같고 늑대 같은 도적의 무리 수십 명
이 큰 몽둥이와 긴 칼을 들고 뛰어들며 말했다.

　"한림을 달아나지 못하게 하라!"

　한림은 크게 놀라 붓을 던지고 뒷문을 통해 밖으로 뛰쳐나갔다. 하
인을 부를 겨를도 없었다. 홀로 집 뒤의 우거진 숲을 가로질러 이리 뛰
고 저리 달리는 것이 마치 초상집 개나 그물에서 벗어난 물고기 같았
다. 얼마 달아나지 못하고 뒤를 돌아보니 도적들이 뒤를 쫓고 있었다.
한림은 두려워 숲 속으로 힘껏 달려갔다. 그런데 숲이 끝나고 큰 강이

앞에 가로놓여 있어 더 이상 달아날 곳이 없었다. 한림은 강가의 모래밭 풀숲 속에 엎드렸다. 그때 도적들이 서로 주고받는 소리가 들렸다.

"한림이 물로 뛰어들었다!"

어떤 자가 다시 말했다.

"한림의 머리를 베지 못했으니 돌아가 상공과 부인에게 무어라 말할 것인가?"

한림은 비로소 그들이 동청과 교씨가 보낸 자들이라는 것을 알고는 크게 탄식했다.

'내가 사씨를 죽였으니 죽어 마땅하지. 그런데 회사정 기둥에 스스로 목을 매 사씨를 따르지 못하고 끝내 음란한 계집이 보낸 도적놈에게 죽게 되니 이 또한 부끄러운 것이로다!'

그때 문득 바람결에 사람들의 말소리가 들렸다. 한림은 고기잡이배인가 생각하고 그쪽으로 달려갔다. 달빛이 대낮처럼 밝아 저 멀리 모래 언덕에 배를 한 척 대어 놓은 것이 보였다.

사씨는 시부모님의 꿈속 계시를 들은 이후로 그 말씀을 잊은 적이 없었는데, 어느덧 육 년이 지나갔다. 사씨가 묘희에게 그 일에 대해 이야기하자 묘희가 말했다.

"부인! 그날 저녁 배를 타고 백빈주로 가십시오."

"그 일은 실로 의심스럽습니다. 제가 이 암자에 와서 머무는 동안 암자 밖으로는 한 발자국도 나가지 않았습니다. 그런데 물을 건널 사람이 누구인지도 잘 모르면서 배를 타고 간다는 것은 너무 경솔하지 않은가요?"

"유 소사의 명이 계셨습니다. 또한 부인께서 구해야 할 사람이 한림이 아니라는 것을 어찌 알겠습니까?"

"저 또한 그런 생각을 하지 않은 것이 아닙니다. 그런데 만일 한림이라 하더라도 저는 한림에게 죄를 지은 사람입니다. 어떻게 감히 한림을 맞을 수 있겠습니까? 또한 한림이 어떻게 백빈주로 오실 수가 있겠습니까?"

묘희도 의아해 했으나 그날 밤에 관세음보살이 다시 꿈속에 나타나 말했다.

"유 한림의 액운이 아직 끝나지 않았으니 다시 큰 화를 만나게 될 것이오. 그대가 한림을 구하지 않는다면 내가 감로수로 유 한림의 병을 고쳐 준 것이 소용없게 되오. 보름달이 뜨는 날을 놓치지 마시오."

묘희는 그 꿈 이야기를 사씨에게 바로 고했다. 사씨는 깜짝 놀라며 말했다.

"진실로 한림을 재앙에서 구할 수만 있다면 무슨 일인들 하지 못하겠습니까?"

보름이 되자 사씨는 묘희와 여자아이와 함께 백빈주에 배를 대고 한림을 기다렸던 것이다.

한림은 다급하게 소리쳤다.

"여보시오! 나를 좀 살려 주시오."

그러자 비구니가 여자아이에게 말했다.

"빨리 배를 저어 상공을 건너게 해 드려라."

한림은 황망히 배에 오르며 말했다.

"도적들이 바로 뒤에 있으니 빨리 노를 저으시오!"

도적들은 강가에서 크게 고함을 질렀다.

"배를 돌려라. 그렇지 않으면 너희를 죽일 것이다!"

여자아이가 대답도 하지 않고 노를 젓자 도적들이 다시 외쳤다.

"사람을 죽인 도적놈이 너희 배 안에 있다. 계림부에서 우리들에게 잡아 오라 명했다. 그놈을 잡으면 너희들도 상을 받을 것이지만, 잡지 못하면 너희들도 죽게 될 것이다."

한림은 비구니에게 말했다.

"저 말을 믿지 마시오. 나는 유연수라는 사람인데, 나를 잡으려는 저놈들이 바로 강도요."

그러자 여자아이가 외쳤다.

"이 도적놈들아! 나는 너희 말을 듣지 않을 것이다!"

도적의 무리는 다시 고함을 질렀지만 여자아이는 대답하지 않고 노를 두드리며 노래를 불렀다.

창랑의 물이 맑거든 나의 갓끈을 씻으리라.
창랑의 물이 흐리거든 나의 발을 씻으리라.

배는 점점 멀어져 강 가운데로 나아갔다. 도적의 무리는 어떻게 할 수 없음을 알고 뿔뿔이 흩어졌다. 잠시 뒤에 안개가 걷히고 해가 솟았다. 배는 어느덧 군산에 닿았다. 한림은 그제야 비로소 놀란 정신을 수습하고 비구니에게 절을 하며 고마워했다.

"스님은 누구시기에 저의 목숨을 구해 주셨소?"

비구니는 한림을 부축해 일으키며 말했다.

"상공! 제게 고맙다는 말씀은 하지 마시고 옛사람을 만나 보시지요."

한림은 그 말을 알아들을 수 없었다. 그런데 갑자기 울음소리가 들려왔다.

---

* **창랑(滄浪)의 물이~발을 씻으리라** 굴원이 지은 〈어부사(漁父辭)〉의 한 구절이다.

악인의 몰락

한림이 울음소리가 나는 곳을 보니 소복 차림의 여인이 바닥에 엎드려 슬피 울고 있었다. 새벽빛이 희미했으나 그 사람은 바로 일찍이 물에 빠져 죽었다고 여겼던 사씨였다. 한림은 너무 놀라 넋을 잃고 통곡하다가 한참 만에 비로소 물었다.

"부인! 귀신이오, 사람이오? 아니면 꿈이오?"

사씨가 옷깃을 여미며 대답했다.

"죄를 지은 사람이 지금까지 죽지 않고 있다가 상공과 다시 만날 줄은 생각지도 못했사옵니다."

"부인을 볼 낯이 없어 부끄럽기 그지없소. 그러나 성인께서도 사람들에게 허물을 고치도록 허락하셨지요. 부인이 이 유연수의 죄를 용서해 주시오."

한림은 사씨에게 길가에서 설매에게 들은 이야기를 차례로 말해 주었다. 제일 먼저 교씨가 이십랑과 함께 저주를 행하고 동청이 교씨와 정을 통하면서 문서를 위조한 일을 말해 주었다.

"그런 일이 있었군요. 저는 모르고 있었습니다."

한림이 교씨가 설매를 유인해 옥반지를 훔친 일을 말해 주자 사씨가 눈물을 흘렸고 한림도 함께 울었다. 사씨가 울음을 그치고 감사하며 말했다.

"상공께서 말씀해 주시지 않았더라면 저는 죽어 저승에 가서도 한이 남을 뻔했습니다."

이번에는 납매가 장주를 죽인 뒤에 설매를 유인해 춘방을 끌어들인 일을 말해 주었다.

"과연 모두 다 설매 때문이었군요."

그리고 교씨가 동청에게 자신을 엄 승상에게 모함하게 하여 사지에 빠뜨린 일을 말해 주자 사씨는 다시 울음을 터뜨렸고 한림도 울었다. 사씨가 울음을 그치고 한림을 위로했다.

"상공께서 그런 화를 당하셨습니까? 저는 바깥으로 내쳐진 몸이라 그 일을 전혀 듣지 못했습니다."

한림이 계속해서 교씨가 집안의 재물을 모두 챙겨 동청을 따라 임지로 간 일을 말해 주자 사씨는 아무런 말도 하지 않았다. 그러나 호타하에 이르러 물속에 인아를 던진 일을 말해 주자 사씨는 가슴을 치며 큰 소리로 울었고 한림도 울었다. 한림은 사씨를 달래며 설매가 차마 물속에 던질 수 없어 숲 속에 버렸다 하니 인아가 살아 있을지도 모르겠다고 말했다.

"설매의 말을 어떻게 믿겠습니까? 물속에 던지지는 않았다 하더라도 어찌 살아 있기를 바라겠습니까?"

한림은 또 회사정 기둥에 써 놓은 글을 보고 사씨가 물에 빠져 죽었다고 생각했으며, 제문을 쓰다가 동청이 보낸 도적들을 만나 자칫하면 죽을 뻔했던 일을 말해 주었다.

한림이 사씨에게 물었다.

"그런데 부인은 무슨 까닭으로 이곳까지 오셨소? 회사정 기둥에 물에 빠져 죽는다고 써 놓은 것은 왜였소? 그리고 어떻게 알고서 여기에 배를 대고 기다렸소?"

사씨는 묘소 아래에서 머물러 있다가 도적에게 속을 뻔했던 일을 자세하게 말했다. 그러자 한림이 말했다.

"그것도 교씨가 꾸민 일이오. 설매가 그렇게 말했소."

사씨는 또 꿈에 시부모님을 뵈었던 일을 말했다. 시어머니 최 부인이 사씨에게 눈을 들어 자신의 얼굴을 자세히 보라고 하셨다고 말하자 한림은 소리 내어 울었고 사씨도 울었다. 유 소사께서 백빈주에 배를 대고 기다렸다가 위급한 사람을 구하라고 하셨다는 말을 하자 한림이 울면서 말했다.

"내가 어리석어 돌아가신 아버님께 죄를 지었소. 그러나 아버님께서 특별히 부인의 효성에 감응하셨기에 다시 살아날 수 있었던 것 같소."

사씨는 시부모님의 계시를 받았지만 그 뜻을 알 수가 없었는데 묘희 스님 덕분에 한림을 구할 수 있었다고 말했다. 또 회사정에 있을

때는 물속으로 뛰어들려 했으나 꿈에 두 왕비를 만나 가르침을 받았으며, 기둥 위의 글은 갑자기 떠나게 되어 미처 지우지 못했고, 마침 황릉묘에 있었을 때도 역시 묘희 스님이 배를 갖추어 맞아 주셨다고 말했다. 한림은 묘희를 돌아보며 감사했다.

"묘희 스님인 줄 내가 어찌 알 수 있었겠소? 스님께서는 우리 두 사람의 혼인을 중매해 주시더니 이제는 위험에서 구해 함께 만날 수 있게 해 주셨으니 이 은혜를 어떻게 다 갚을 수 있겠소?"

"이는 모두 상공과 부인의 큰 복이옵니다. 이 늙은이가 무슨 힘이 되었겠습니까? 이곳은 오래 이야기할 곳이 못 되니 누추하더라도 저희 암자로 가시지요."

묘희는 그들과 함께 배에서 내려 암자로 올라가 손님을 접대하는 객당(客堂)을 청소하고 한림을 모셨다. 유모와 어린 계집종도 모두 와서 한림에게 인사드렸다. 한림이 사씨에게 말했다.

"죽을 곳에서 벗어나기는 했으나 돌아보건대 망한 집안의 위태로운 신세라 머무를 곳도 없는 사람이오. 장차 무창으로 돌아가 그곳에서 조상 대대로 내려온 재산을 수습하여 집안 살림을 조금 이룬 뒤에, 신주를 모시고 와서 조상님께 용서를 빌 것이오. 그리고 다시 옛사람의 글을 읽어 스스로를 새롭게 하는 토대로 삼을까 하오. 부인께서는 지나간 일을 덮어 두고 나를 끝내 버리지 않을 것이라면 함께 그곳으로 가십시다."

사씨는 옷깃을 여미고 대답했다.

"상공께서 저를 버리지 않으셨는데 제가 어찌 감히 상공을 버리겠사옵니까? 제가 이곳에 머문 것은 부득이한 일이었습니다. 상공께서 곤경에 처해 계신데 제가 어찌 도울 생각을 하지 않겠습니까? 상공을 따르겠으나, 처음에 제가 집을 떠날 때 친척들을 모아 놓고 사당에 고하였으니 지금도 적절한 절차가 있어야 하옵니다. 제가 감히 지난 일을 다시 생각하자는 것은 아니옵니다. 여자가 남을 따르는 것은 본래 중대한 일이옵니다. 집을 나갔다가 다시 들어가는 것 또한 예법을 지켜야 하는 것이니 어찌 그냥 넘어갈 수 있겠습니까?"

사씨의 말을 들은 한림이 사과하며 말했다.

"미처 그것까지 생각하지 못했소. 부인의 말씀이 참으로 지당하오. 내가 먼저 돌아가 사당을 옮겨 놓고 인아의 생사 여부도 알아본 뒤에 예를 갖추어 부인을 다시 맞이하겠소."

"그렇게 하시는 것도 좋겠습니다만, 제가 다시 생각해 보니 상공께서는 외롭고 위태로운 처지시며 도적놈이 다스리는 고을도 여기서 멀지 않습니다. 그놈이 상공께서 무창에 계신다는 소문을 들으면 반드시 다시 자객을 보낼 것입니다. 생각이 이에 미치니 어찌 딱하고 기막히지 않겠습니까? 제사를 받들고 가족을 모으는 것이 급하기는 하나 그 일은 잠시 미루어 두십시오. 대신 이름을 바꾸고 종적을 숨겨 사람들이 알아보지 못하게 한 뒤에 천천히 형세가 변하는 것을 살피시는 것이 좋겠사옵니다."

● 신주(神主) 죽은 사람의 이름을 적은 나무패.

"부인의 말씀이 금옥과도 같으니 어찌 감히 따르지 않겠소? 그런데 동청이란 놈이 계림 태수로 부임한다 하니 형세가 갑자기 변할 리가 있겠소?"

"동청같이 악한 자가 어떻게 망하지 않을 리 있겠습니까? 상공은 잠시만 기다려 보소서."

한림은 행주 땅에서 있었던 일을 사씨에게 말해 주었다.

"유배지에서 머물 때 신령이 샘물을 주셔서 병을 낫게 하시더니 동정호 군산에 계신다고 말씀하셨소. 그런데 지금 군산에서 부인을 만났구려."

사씨가 말했다.

"그분이 바로 관세음보살이십니다."

묘희가 옆에서 말했다.

"어찌 그것뿐이겠습니까? 부인께서 황릉묘에 계실 때 관세음보살께서는 이미 소승의 꿈에 나타나셨습니다. 백빈주에 배를 댄 것도 돌아가신 시부모님의 가르침이 있기는 했었지만 또한 관세음보살의 힘이 미친 일이었습니다."

묘희가 다시 관세음보살이 꿈에 감응했던 일을 말하자 사씨는 한림과 함께 불상 앞으로 나아가 감사하며 절을 올렸다. 한림도 사씨가 쓴 찬문을 보면서 옛일을 생각하고는 깊이 탄복했다.

이튿날 한림은 눈물을 흘리며 부인과 작별했다. 묘희는 배를 마련해 한림을 전송했다. 악주에 도착한 한림은 배를 바꿔 타고 무창으로 갔다. 흩어졌던 노복들도 그곳으로 모여들었다.

동청이 보낸 도적의 무리는 끝내 한림을 죽일 수 없었다. 동청에게 그 사실을 아뢰자 동청과 교씨는 몹시 두려워했다. 동청은 다시 집안의 장정들에게 한림의 거처를 찾아보게 하고 임지인 계림으로 갔다.

그 무렵 냉진은 서울에 있으면서 도박으로 재물을 모두 잃고는 계림으로 달려갔다. 동청은 기꺼이 그를 머물게 했으며 탐욕스럽고 잔학한 짓을 모두 그와 함께 도모했다. 부유한 백성에게 죄를 덮어씌우고 장사하는 사람을 독약으로 살해한 뒤에 재물을 모두 빼앗았다. 남쪽 지방 사람들 가운데 그를 잡아먹었으면 좋겠다고 생각하지 않는 이가 없었다.

교씨는 오랫동안 계림에 머물렀는데 봉추가 풍토병에 걸려 죽었다. 별일 없이 지루한 나날을 보내던 중에 납매가 아이를 가지자 교씨는 납매를 시기하여 동청이 나간 틈을 타 납매를 흙구덩이에 빠뜨려 죽여 버렸다.

동청은 할 일이 많았으며 때때로 영내의 고을을 돌아다니기도 했다. 냉진은 오랫동안 동청의 절친한 손님으로 있으면서 틈을 타 교씨와 정을 통했다. 동청이 한림 집에 있을 때처럼…….

그때 동청은 더욱 부지런히 엄 승상을 섬기고 있었다. 금과 진주 등 십만 냥을 냉진에게 주어 서울로 올라가 엄 승상의 생일날 축하 선물로 바치게 했다. 서울에 도착한 냉진은 천자가 엄 승상의 간사함을 깨달아 벼슬을 모두 빼앗은 뒤 시골로 쫓아내고 재산은 모두 관에서 몰수했다는 말을 듣고 깜짝 놀라 속으로 생각했다.

'동청은 많은 죄악을 저질렀어. 하지만 사람들은 그가 두려워 감히

고발하지 못했지. 이제 빙산이 녹았으니 동청이 어찌 오래가겠는가? 계교를 쓰는 것이 좋겠어.'

냉진이 즉시 대궐로 가서 등문고를 두드리자 법관이 그에게 까닭을 물었다.

"저는 본래 북방 사람으로 마침 계림 지방을 지나가다가 태수 동청이 불법을 자행하는 것을 목격하고 속으로 몹시 분통이 터졌습니다. 이에 감히 먼 지방의 백성을 위해 천자께 아뢰옵니다."

냉진이 이어서 동청이 백성을 학대하고, 사람들을 죽이거나 위협해 재물을 빼앗았으며, 도적질을 일삼고, 무리를 모아 변란을 일으킨 일 등 열두 가지 죄상을 조목조목 말하자, 법관은 그 사실을 천자에게 보고했다. 천자는 진노하여 동청의 식솔들을 옥에 가두게 했다. 아울러 냉진이 말한 열두 가지 죄상을 조사하게 하니 냉진의 말과 똑같았다. 마침내 천자는 저자에서 동청의 목을 베고 재산을 모두 빼앗도록 했다. 동청의 재산은 황금이 삼만 냥이요 백금이 오십만 냥이었으며, 진주와 옥, 수를 놓은 비단은 이루 헤아릴 수조차 없었다. 동청의 처첩을 관의 노비로 삼게 하자 냉진은 관가에 재물을 바치고 교씨를 사서 그녀와 함께 산동으로 갔다.

교씨는 비록 재앙을 겪기는 했지만 그래도 냉진을 따라갈 수 있었으며 수중에 남은 재물도 있었다. 냉진은 엄 승상에게 바치려 했던 금과

◈ 등문고(登聞鼓) 대궐 성문 위에 매달아 놓고 백성들에게 억울한 일이 있으면 치게 하던 북.

진주 십만 냥을 모두 자기가 가졌다. 두 사람은 즐거워하며 수레를 빌려 재물을 모두 실었다.

두 사람은 동창(東昌)에 이르러 객점으로 들어가 술과 고기를 마음껏 샀다. 그러고는 마주 앉아 술을 마시다가 크게 취해 정신을 잃고 곯아떨어졌다. 수레를 모는 정대(鄭大)라는 자는 본래 도적이었는데, 그날 밤 자신의 무리와 함께 냉진의 재물을 모두 훔쳐 도망갔다. 냉진과 교씨는 다음 날 아침에야 그 사실을 알게 되었다. 두 사람은 빈털터리 신세라 길을 떠날 수 없었다. 그래서 동창에 머물며 관가에 고발하고 정대의 종적을 찾으려 했으나 잡을 수 없었다.

어느 날 천자가 조회에 나갔다. 수령이 백성을 학대하는 문제가 논의되자 천자가 신하들에게 물었다.

"전에 동청이 저지른 죄상을 살펴보니 강도와 다름이 없었소. 동청이 어떻게 벼슬을 얻게 되었소?"

승상 서계가 아뢰었다.

"엄숭이 동청을 천거하여 진류 현령으로 삼았다가 다시 발탁하여 계림 태수를 맡겼습니다."

"엄숭은 문장이 뛰어나고 관리로서의 재주를 갖추었다는 구실로 동청을 천거했소. 이로 보건대 엄숭이 천거한 사람은 모두 소인(小人)이고, 그에게 공격을 당해 배척된 사람은 모두 군자였을 것이오."

천자는 엄숭이 천거한 관리를 내치고 전에 엄숭이 배척한 사람들을 다시 발탁하도록 했다. 그에 따라 간의대부 해서를 도어사로 삼고 한림학사 유연수를 이부시랑으로 삼았다. 또한 청렴한 관리인 성도(成都) 태수 두억 등 십여 명을 발탁했다.

과거 시험을 볼 때가 되자 천자는 예부에 공평하고 바른 도리를 잘 지켜 인재를 잃지 않도록 하라고 명했다. 당시 사 급사의 아들 희랑은 어머니의 상을 다 치르고 아내를 얻어 가정을 이루었다. 사씨는 남쪽으로 떠날 때 은밀하게 희랑에게 그 사실을 알렸는데, 그 뒤에 두 추관이 성도의 태수로 가게 되었다는 소식을 들은 희랑은 누이가 떠난 지 오래되었으니 당연히 장사에서 두 추관을 만나 함께 성도로 갔을 것이라고 생각했다. 희랑은 배를 사서 촉(蜀) 땅으로 들어가 누이를 찾아보려고도 했다. 그런데 마침 두 태수가 다시 순천(順天) 부윤이 되어 머지않아 서울로 올라올 것이라는 사실을 알게 되었다. 또한 과거 날짜도 다가오고 있어 희랑은 집에 그대로 있다가 과거에 응시해 세 단계를 모두 다 통과했다.

두 부윤이 다시 서울로 돌아오자 희랑은 두 부윤을 찾아가 사씨의 일을 물었다. 두 부윤이 눈물을 흘리며 대답했다.

"제가 장사에 있을 때였지요. 사 부인께서는 상선을 타고 저의 임지로 오려고 하셨소. 그런데 장사에 도착하기도 전에 제가 관직이 바뀌

● **도어사**(都御使) 어사의 우두머리.
● **이부시랑**(吏部侍郞) 이부(吏部)에서 두 번째로 높은 벼슬.
● **부윤**(府尹) 지방 관아인 부의 우두머리.

어 촉 땅으로 들어가게 되었소. 사 부인께서는 가지도 오지도 못하는 곤란한 지경이 되자 상수로 뛰어들어 죽었다 하오. 어떤 이는 누군가가 구해 죽지 않았다고 말하기도 하고요. 그때 저는 사 부인께서 오시는 것을 몰랐다가 뒤에 뱃사람들이 하는 말을 듣고 여러 번 상수로 사람을 보냈으나 끝내 소식을 알 수가 없었소. 지난해 상수 사람들에게 유 한림이 이곳에 와서 물가의 정자로 올라갔다가 사 부인이 써 놓은 글을 보고 부인이 죽은 줄 알고 제사를 지내려고 준비하려는데 그날 밤 도적들에게 쫓겨 갔다는 말을 들었소. 조정에서 지금 급하게 형님을 부르고 있는데 역시 계신 곳을 알지 못하고 있소."

희랑은 큰 소리로 울며 말했다.

"그렇다면 우리 누이는 돌아가신 것이오?"

"내가 여러 차례 사람을 보내 알아보았지요. 돌아가시지 않았다고 말하는 사람들이 많았으니 다시 가서 찾아보는 것이 좋겠소."

희랑은 집으로 돌아가 행장을 꾸려 상수로 떠나려 했다. 그런데 그때 마침 과거 시험을 알리는 방이 나붙었다. 희랑은 이등으로 합격하여 강서(江西) 지방 남창(南昌)의 추관이 되었다. 사 추관은 남창이 장사에서 가까운 곳이라 기뻐하며 즉시 임지로 떠났다.

한림은 동청의 화를 피하기 위해 이름을 바꾸고 평범한 사람처럼 행세했다. 무창 사람들 가운데는 그를 아는 자가 없었다. 한림은 하인들과 함께 힘써 농사를 지어 식량을 자급했으며 또한 군산으로도 보냈다. 어느 날 군산으로 갔던 하인이 돌아와 고했다.

"악주의 성문 네 곳에 모두 방을 내걸고 상공이 계신 곳을 찾고 있습니다. 그 까닭을 물으니, '유 한림이 지금 이부시랑이 되셨지. 조정에서 유배지로 사신을 보내 찾았지만 이미 북쪽으로 떠나고 없어 주위에 두루 소식을 물으며 이곳까지 왔다고 하네. 그런데 어떤 자가 한림이 일찍이 물가에 머물고 있다가 밤에 도적을 만나 주인과 종이 각기 흩어졌다고 이야기하는 것을 듣고 방을 걸어 찾고 있는 중이라 하더군.'이라고 말해 주었습니다. 사람들의 말이 모두 그러하니 소인이 감히 아뢰지 않을 수 없었사옵니다."

유 시랑은 속으로 생각했다.

'엄숭이 패망한 것이로구나.'

드디어 시랑은 무창 관가로 가 이름을 알렸다. 태수는 크게 놀라며 밖으로 나와 영접했다.

"조정에서 급하게 유 시랑을 부르고 있습니다. 유 시랑께서는 어디서 이곳으로 오셨습니까?"

시랑은 도적을 피해 숨어 지내던 일을 이야기했다. 아울러 조정의 사정에 대해서도 물어보았으며 엄숭이 쫓겨났고 동청도 주살되었다는 것을 알게 되었다. 시랑은 즉시 사씨에게 편지를 보냈다.

조정에 엄숭의 무리가 모두 쫓겨났다고는 하나 죄를 짓고 쫓겨났던 몸이 갑자기 높은 직책을 맡을 수는 없는 노릇입니다. 남쪽 지방의 고을 한 곳을 얻어 부인을 맞이할까 합니다.

시랑은 조정의 명을 오랫동안 피하고 있을 수 없어 서울로 올라갔다. 남창에 이르렀을 때 새로 부임한 추관이 뵙고자 하는 편지를 올렸다. 이름을 보니 사경안(謝景顔)이라 쓰여 있었는데, 그가 누구인지는 알지 못했다. 시랑을 만난 추관은 눈물을 흘렸다. 시랑이 까닭을 물으니 추관이 대답했다.

"누님께서 떠나가신 뒤 아직 생사를 알지 못합니다. 그런데 뜻밖에 오늘 시랑을 만나 뵙게 되었습니다."

시랑은 비로소 그 사람이 사씨의 동생이라는 것을 깨닫고는 놀랍고도 반가워 그의 손을 잡았다.

"내가 어리석어 죄 없는 누님을 내쫓았네. 이제야 비로소 지난날의 잘못을 알게 되었는데 자네와 만나니 어찌 부끄럽지 않겠는가?"

사 추관은 더욱 눈물을 흘렸다.

"누님의 원통함은 이제 환하게 드러났습니다. 하지만 누님께서 이미 돌아가시고 안 계시니 어떻게 하면 좋겠습니까?"

"추관은 누님의 소식을 듣지 못하셨소?"

이어서 시랑이 그간에 있었던 일들을 하나하나 말해 주니 사 추관은 슬픔을 거두고 기뻐하며 시랑에게 감사했다.

"사람이 누군들 잘못이 없겠습니까? 고치는 것이 귀중한 일이지요."

사 추관은 시랑을 떠나보내고는 바로 편지를 써서 양식과 함께 군산으로 사람을 보내 사씨의 안부를 묻게 했다. 자신은 뒤에 천천히 사씨를 모시러 가려고 생각했다.

시랑은 대궐로 나아가 천자의 은혜에 감사하며 공손히 절을 올렸다.

천자는 시랑을 보더니 지난날 소인에게 속았던 일에 대해 말했다. 시랑이 앞으로 나아가 아뢰었다.

"폐하의 은혜가 하늘과 같사오니 신이 우러러 보답할 길이 없사옵니다. 신은 본래 능력이 부족한 데다가 죄를 지어 여러 해 벼슬을 하지 않았사옵니다. 갑자기 높은 벼슬을 맡는 것은 결코 감당할 수 없사옵니다. 시골의 조그마한 고을을 하나 얻어 백성을 돌보면서 은혜에 조금이나마 보답하고자 하옵니다."

천자가 시랑을 위로하면서 그 청을 허락하지 않자 시랑은 더욱 간절하게 말씀드렸다. 그러자 천자가 마침내 허락했다.

"그대의 뜻이 그러하니 짐도 백성을 다스리는 그대의 재주를 시험해 볼까 하오."

천자는 시랑에게 특별히 벼슬을 주어 강서 지방의 포정사로 삼았다. 시랑은 머리를 숙이고 물러나 옛집으로 돌아갔다. 그곳에는 인아의 유모 등 하인 몇 사람만이 남아 집을 지키고 있었는데 안채에는 먼지가 쌓여 있었고 사당 뜰에는 풀이 무성했다.

시랑은 통곡하며 돌아가신 조상들께 사죄한 뒤 바로 두 부인을 찾아가 인사를 드렸다. 두 부인이 눈물을 흘리며 말했다.

● 포정사(布政使) 명나라 때 각 성의 행정과 자금을 담당했던 포정사(布政司)의 장관.

"이별한 뒤로 칠 년 사이에 세상의 일이 여러 번 변했네. 늙은 몸이 죽지 않고 살아서 함께 만났으니 이 얼마나 다행인가?"

사랑은 앞으로 나아가 말했다.

"고모님께서는 여러 해 동안 길 위에서 고생하셨으나 예전과 다름없이 건강하시니 조카의 마음이 한결 가볍습니다. 조카가 못나서 고모님의 가르침을 따르지 않고 죄 없는 어진 아내를 내쳤으니, 참으로 고모님을 다시 볼 면목이 없사옵니다. 다행히 조상 신령께서 도와주신 덕분에 지난 일들을 뉘우치고 아내도 다시 만났사옵니다. 저희 부부는 처음으로 돌아가고자 하니 고모님께서도 저의 묵은 죄를 용서하여 주시옵소서."

두 부인은 매우 기뻐했다.

"정말 지금 말한 대로 사씨에게 별일 없는가? 조카가 이미 크게 깨우쳤는데 이 늙은이가 어찌 지난 과오를 들추겠는가? 그런데 사씨를 어떻게 만날 수 있었나?"

사랑은 지난 일들을 하나하나 말씀드리자 두 부인이 다시 또 울며 말했다.

"죄 없는 사람이 허다한 고초를 모두 겪었군!"

유씨 집안사람들은 사랑을 찾아와 사씨를 다시 맞이한다는 말을 듣고 모두가 기뻐했다.

사랑은 두 부인에게 작별 인사를 드리고 강서 지방으로 부임했다. 사 추관도 역시 그의 관내에 있었다. 추관이 군산으로 가서 누님을 모셔 오겠다고 하자 사랑이 말했다.

"나도 함께 가야 마땅하나 일이 있어 갈 수가 없구려. 사 추관이 가시면 돌아올 때 내가 멀리까지 나가 맞이하겠소."

시랑은 사씨에게 보내는 편지를 맡기고 아울러 금은과 비단을 주어 묘희에게 사례하도록 했다.

사 추관이 군산에 도착하자 사씨는 이미 추관의 편지를 받았던 터라 묘희 등과 함께 마중을 나갔다. 칠 년이나 생사를 모른 채 지내다가 마침내 서로 상봉했으니 그 기쁨이 어떠할지는 누구나 알 수 있을 것이다. 사씨는 편지를 보고 시랑이 벼슬을 얻어 가까운 지방에 와 있다는 것을 알고는 매우 기뻐했다. 사 추관이 묘희에게 절을 하고 감사해 하면서 시랑이 보낸 금은과 비단 외에도 자신이 따로 준비한 예물을 선사했다. 묘희가 감사하며 말했다.

"소승에게 무슨 공이 있겠습니까? 하지만 이 물건들을 감히 사양하지 않고 삼가 불사(佛事)에 써서 부인과 두 상공의 복을 기원하겠습니다."

그날 밤 사 추관은 객당에서 잠을 잤다. 이튿날 사씨가 길을 떠나자 묘희와 여자아이는 산을 내려가 사씨를 떠나보냈다.

사 추관이 사씨를 모시고 강서 지방으로 들어가니 시랑도 이미 나와 기다리고 있었다. 구름 같은 돛대와 비단 닻줄이 강물에 밝게 비치고 있었으며 옥으로 만든 절월과 상아로 된 깃대가 언덕 위에 늘어서 있었다. 사씨가 탄 배가 도착하자 시비가 새로 지은 옷을 받들어 올렸

• **절월(節鉞)** 천자가 지방 장관이나 장수 등에게 주던, 돌이나 대나무 따위로 만든 신표와 도끼.

다. 사씨는 비로소 칠 년 동안 입었던 소복을 갈아입고 시랑을 만났으니, 이는 진실로 고금에 볼 수 없었던 광경이었다. 길에서는 생황과 피리, 북 등이 풍악을 울리며 앞을 인도했다.

사씨는 관아에 도착한 뒤 바로 사당에 올라가 예를 올렸다. 시랑은 글을 지어 죄를 뉘우치고 허물을 고쳐 사씨를 다시 맞이한 내력을 조상님들께 아뢰었는데, 그 말이 매우 비통하고도 절실했다.

강서 지방의 대소 관료들은 앞을 다투어 예물을 올려 그들 부부가 다시 만난 것을 경하했다. 그들은 또한 사 추관도 축하해 주었다. 남녀노소 할 것 없이 모두 감격하여 눈물을 흘렸다. 시랑은 잔치를 열어 관료들과 함께 마음껏 기뻐했다. 부부와 형제가 모두 모여 기뻐했으나 인아만은 생사조차 알지 못했다. 시랑과 사씨는 더욱 마음이 아파 두루 찾아보게 했으나 아무런 소식도 들을 수 없었다.

그와 같이 또 한 해가 지나갔다. 어느 날 사씨가 조용히 시랑에게 말했다.

"드릴 말씀이 있사온데, 상공께서는 들어주시겠습니까?"

"옳은 말씀이라면 어찌 듣지 않겠소?"

"제가 예전에 사람을 잘못 천거하여 이 집안을 그르치게 만든 적이 있었습니다. 지금 생각하면 온몸에 오싹 소름이 끼쳐 옵니다. 하지만 지금은 전과 다르오니, 제 나이가 마흔이며 아이를 가질 수 없게 된 지도 벌써 십 년이나 지났습니다. 목이 멘다 하여 밥을 먹지 않을 수는 없사오니, 상공께서도 이제 후손을 잇기 위한 방책을 세워야 하지 않겠사옵니까?"

"부인의 말씀을 따르지 않은 적이 없지만, 이 일만은 결코 따를 수 없소. 나 때문에 인아의 생사조차 알 수 없어 슬픈 마음이 항상 가슴 속에 맺혀 있소. 내 차라리 끝내 후손을 잇지 못한다 해도 맹세코 다시는 천한 사람을 가까이하여 자식을 보지는 않을 것이오."

"상공께서는 어찌 그렇게 답답한 말씀을 하십니까? 삼천 가지 죄 가운데서도 후손이 없는 것이 가장 큰 죄라고 합니다. 제가 상공의 뒤를 따라 사당으로 올라갈 때면 쓸쓸하게도 오직 우리 두 사람뿐이옵니다. 뒤를 돌아보아도 아무도 따르는 자가 없습니다. 저는 그 때문에 부끄럽고 두렵사옵니다. 마치 조상 신령께 꾸지람을 듣는 것 같사온데, 상공 또한 어찌 그러하지 않겠사옵니까?"

"부인의 말씀이 본디 옳기는 하오만 인아 소식을 들은 뒤에 천천히 의논해 봅시다."

그러자 사씨는 속으로 생각했다.

'사랑께서 저렇게 뒤로 물러서는 것은 인아 때문에 차마 그렇게 할 수 없어서일 거야. 또한 지난 일 때문에 놀라 착한 사람을 구하지 못할까 두려워서일 거야. 내가 처음에는 나이도 적고 세상일에 대한 경험도 없어서 교씨를 잘못 보았었지. 하지만 화용현에서 만난 임씨라면 망설일 것이 없어. 용모가 단정한 데다 점쟁이도 귀한 아들을 낳을 것이라고 했어. 첩을 고른다면 그보다 나은 사람은 없겠지만 이미 시집 갔는지도 몰라. 임씨는 나와 사흘 동안 주인과 손님으로 정을 나눴는데, 떠나올 때 미처 자세하게 묻지도 못했어. 늙은 사내종은 나를 따라 환난을 겪다가 길에서 죽고 말았지. 장사를 지낼 때는 관도 장만할 수 없었어. 또 황릉묘에서 소원을 빌었던 일도 있었지. 묘희 스님과도 오랫동안 소식이 끊겼어. 모두 아쉬움이 남는 일이로구나.'

사씨는 마침내 시랑에게 부탁해 재물을 마련했다. 그리고 집안사람과 전에 남행길에 따라갔던 어린 계집종을 다시 남쪽으로 보내, 황릉묘를 손질하여 고치게 하고 늙은 사내종을 다시 장사 지내 주게 했으며 묘희 스님과 임씨에게 금은과 비단을 전하게 했다.

묘희 스님은 그동안 받은 재물로 수월암을 다시 지었다. 또 군산 꼭대기에 9층 탑을 세우고 부인탑(夫人塔)이라 이름 붙였다. 임씨는 어린 계집종을 만나자 몹시 기뻐하며 사씨의 안부를 물었다. 그녀는 계모가 죽은 뒤 혼자 살고 있었다. 어린 계집종이 돌아가 아뢰자, 사씨는 임씨가 아직 출가하지 않았다는 말을 듣고 더욱 기뻐했다.

가문이 번성하다

설매는 인아를 차마 죽일 수 없어 숲 속에 버렸다. 마침 형주(荊州) 사람 완삼(阮三)이라는 자가 장삿길에 나섰다가 호타하에 이르러 숲 속을 지나가게 되었다. 아이 우는 소리가 들려 가까이 가서 살펴보니, 서너 살 정도 된 아이가 있었는데 피부는 옥과 같았으며 용모가 빼어났다. 완삼은 자식이 없는 집에 팔 생각으로 아이를 배에 싣고 강호를 두루 다녔으나 사려는 사람이 없었다.

완삼은 무창에 이르러 거센 바람을 만났다. 함께 다니던 십여 척의 배가 모두 뒤집혔으며, 완삼의 배도 높은 파도가 덮쳐 돛대와 노가 모두 부러졌다. 싣고 있던 물건도 다 잃고 말았다. 그런데도 배는 끝내 뒤집히지 않고 표류하다가 화용현에 이르게 되었다.

목숨을 건진 완삼은 아이와 함께 형주로 돌아가려 했으나 식량이 떨어져 밥을 빌어먹으며 돌아다녔다. 완삼은 아이가 팔리지 않자 결국 남의 집 울타리 밑에 버리고 떠나 버렸다.

추영은 어머니 변씨와 함께 집에 있다가 새벽에 꿈을 꾸었다. 울타리 밖에서 불빛이 하늘을 밝히고 있었는데, 그곳에 어떤 짐승이 누워 있었다. 몸에는 옥으로 된 비늘이 덮여 있고 머리에는 뿔이 하나 나 있는 것이 용도 아니고 호랑이도 아니었는데 모습이 아주 이상했다. 추영은 깜짝 놀라 꿈에서 깨었다.

'무슨 징조임에 틀림없어!'

울타리 밖으로 나가 보니 꿈에 짐승이 있었던 곳에 한 아이가 누워 있었다. 추영이 기쁜 마음으로 아이를 안고 집 안으로 들어오니 변씨가 말했다.

"흉년이 들었으니 그 아이는 틀림없이 먹을 것이 없는 집에서 버렸을 게다. 하지만 우리 역시 가난하니 어떻게 아이를 기를 수 있겠느냐?"

"어머니께서는 아들이 없으니 잘 길러서 아들로 삼으시지요. 소녀가 꾼 꿈도 매우 기이하고 아이의 생김새도 범상치 않으니, 훗날 반드시 귀한 사람이 될 것입니다."

변씨는 그 말에 따라 아이를 길렀다.

변씨가 죽은 뒤, 인근 사람들은 모두 추영의 어진 덕성과 아름다운 모습을 사모하여 서로 앞다투어 추영을 아내로 삼으려고 했다. 그러나 추영은 농사꾼의 아내가 되는 것을 원하지 않았다. 묘희를 따라서 절에 들어갈까 하는 생각도 했지만 인아 때문에 차마 그렇게 할 수도 없었다.

사씨는 조용히 시랑에게 추영에 대해 말하며 첩으로 맞아들일 것을 권했다.

"저는 이미 호랑이에게 물렸던 사람입니다. 임씨의 덕성에 의심스러운 바가 있다면 어찌 감히 천거하겠습니까? 게다가 임씨는 바로 묘희 스님의 조카이기도 합니다. 전에 묘희 스님께서 도와주지 않았더라면 우리 부부에게 어찌 오늘이 있었겠습니까? 상공께서는 묘희 스님의 은혜를 잊으신 것은 아니시지요?"

시랑은 사씨가 지극한 정성으로 하는 말이라는 것을 알고 마침내 그렇게 하기로 했다. 사씨는 매우 기뻐하며 다시 어린 계집종을 추영에게 보내 그 뜻을 알렸다. 그러자 추영이 대답했다.

"상공과 부인께서 저를 천하게 여기지 않으시니 지극한 영광입니다. 어찌 다른 말씀을 드릴 수 있겠습니까? 다만 아직 어미의 상복을 벗지 않았고 어린 동생이 있으니 그것이 난처할 뿐입니다."

어린 계집종이 물었다.

"낭자에게 동생이 있다는 말을 들은 적이 없는데, 동생은 올해 몇 살이나 되었나요?"

그때 아이 하나가 밖에서 들어왔는데, 풍채가 준수한 것이 촌구석에서 태어난 아이 같지 않았다. 추영은 그 아이를 주워서 길렀다는 말은 하지 않고 이렇게 말했다.

"이 아이는 계모가 낳은 아이입니다. 올해 열두 살인데 낭자가 전에 왔을 때는 마침 밖에 나가 놀고 있어서 보지 못했던 것이지요."

어린 계집종은 그 아이의 모습을 자세하게 살피고 돌아가 추영이

한 말을 시랑과 사씨에게 아뢰었다. 그러자 시랑이 말했다.

"추영이 상복을 벗을 때까지 기다려야겠소."

사씨가 대답했다.

"어린 동생과 함께 와도 괜찮을 것입니다."

그러자 어린 계집종이 다시 고했다.

"제가 임씨의 동생을 살펴보니 생김새가 인아 공자와 비슷했습니다. 그래서 나이를 물어보니 나이도 비슷했습니다. 만약 그 집에서 주워서 길렀다면 우리 인아 공자일 수도 있사옵니다."

사씨가 탄식했다.

"인아가 살아 있다 해도 북쪽 지방에 있을 것이야. 세월이 이미 많이 흘러서 지금 만나 본다 해도 어떻게 인아라는 것을 알 수 있겠는가?"

시랑은 날을 잡아 추영을 데려왔다. 추영이 문중에 들어온 뒤 집안 사람들이 화목하게 지냈으며 쓸데없는 말이 나지 않았다. 시랑도 좋은 사람을 천거했다고 사씨를 칭찬했다.

어느 날 인아의 유모가 추영의 방에 갔다가 인아를 잃어버린 일에 대해 말했다.

"전날 어린 계집종이 낭자의 동생이 우리 인아 공자와 비슷하다는 말을 했습니다. 이 늙은이가 동생을 한번 보고 공자에 대한 그리움을 달랠까 합니다."

추영도 의아한 생각이 들어 유모에게 물었다.

"공자를 어느 곳에서 잃으셨나요?"

"호타하 물가에 버렸다 합니다."

그 말을 듣고 추영은 생각했다.

'남쪽과 북쪽이 비록 멀기는 하나 물길이 통해 있어. 또한 아이가 일찍이 배를 탔던 일을 말한 적이 있지 않은가. 혹시 저 아이가 인아가 아닐까? 전에 꿈에서 뿔이 하나인 짐승을 보았는데, 기린이 아닐까. 인아의 이름이 기린 린(麟) 자니, 전에 꾼 꿈이 기이하지 않은가!'

추영은 본래 아이와 함께 왔는데, 아이는 집 밖의 별채에 머물게 했다. 그래서 종을 시켜 아이를 불러오게 했다.

아이가 유모와 만났다. 그런데 서로 뚫어져라 바라볼 뿐 말을 하지 못했다. 추영이 유모에게 물었다.

"과연 공자와 비슷합니까?"

"많이 컸사오나 모습이 똑같습니다. 공자는 이마의 생김새가 특이하지요. 상공께서는 늘 돌아가신 할아버지를 닮았다고 말씀하셨습니다. 이 아이도 역시 그렇게 생겼습니다."

유모는 마음이 아파 눈물을 흘렸다. 추영이 다시 말했다.

"참으로 기이한 일 아닙니까? 이 아이는 본래 우리 계모가 낳은 자식이 아닙니다. 어느 해인가 기이한 꿈을 꾸고 밖에 나가 보니 이 아이가 울타리 밖에 버려져 있어 거두어 기른 것입니다."

아이는 그 말을 듣고 갑자기 큰 소리로 울었다.

"이 사람이 내 유모예요!"

유모도 역시 울었다.

"이 아이가 우리 인아 공자예요!"

아이는 인아라는 이름을 듣자 떠오르는 바가 있었다.

"교 부인이 나를 데리고 집을 나갈 때 유모가 나를 보내며 울지 않았나요?"

그러자 유모는 인아를 끌어안고 큰 소리로 울었다.

"인아 공자가 맞습니다! 인아 공자가 맞아요! 그렇지 않다면 어떻게 교씨가 집을 나가던 당시의 일을 알 수 있겠어요?"

추영이 말했다.

"이 아이는 부모의 성씨가 무엇인지는 몰랐으나, 항상 부귀한 집안에서 태어났다는 말을 했답니다. 또한 숲 속에 있다가 어떤 사람을 만나 배를 탔던 일도 기억하고 있었습니다. 그래서 저도 의심을 품었던 것입니다."

이 소식이 전해지자 집안이 시끌벅적해졌다. 사씨도 크게 놀라 추영의 방으로 달려갔다. 아이를 보니 인아가 틀림없었다. 사씨가 시험 삼아 물었다.

"나를 알아보겠느냐?"

인아는 자세하게 바라보더니 대답했다.

"부인께서 가마를 타신 뒤 저를 안고 젖을 먹이셨던 기억이 희미하게 떠오르나 그것이 무슨 일이었는지는 잘 모르겠습니다."

사씨는 인아를 끌어안고 목 놓아 울었다. 시랑은 관아에 있다가 갑자기 집 안이 떠들썩한 소리를 듣고 놀라 안으로 들어갔다. 십 년 동안이나 잃어버렸던 아들을 다시 만나게 되었으니, 기쁘고도 슬픈 그

마음을 누구나 짐작할 수 있을 것이다. 시랑은 추영에게 인아를 거두어 기른 일에 대해 묻고는 감사하며 말했다.

"자네가 나에게 큰 은혜를 베풀었네. 자네를 어찌 평범한 첩처럼 대접할 수 있겠는가? 그러니 앞으로도 스스로 더욱 조심하여 부인의 아름다운 뜻을 저버리지 말게."

추영은 감사의 절을 올리고는 말했다.

"하늘이 공자를 제게 주어 기르게 하신 것입니다. 제게 무슨 공이 있겠습니까?"

사씨도 감격하여 인아에게 타일렀다.

"앞으로는 임씨 대하기를 마치 나를 대하듯이 하여라."

사 추관과 대소 관료들은 모두 시랑이 인아를 다시 만나게 된 것을 축하하며 선물을 보내왔으나 시랑은 다 받지 않고 돌려보냈다. 남풍(南豊) 현령이 진귀한 노리개를 보냈는데, 그 가운데는 설매가 몰래 훔쳐 갔던 옥반지도 있었다. 시랑은 이상하게 생각해 다른 물건들은 돌려보내고 옥반지만은 그대로 남겨 두었다. 시랑은 조용히 남풍 현령을 불러 물어보았다.

"보내 주신 옥반지는 귀중한 보물로서 감히 받을 수 없는 물건입니다. 그런데 이상한 일이 있어 남겨 두었습니다. 그 물건은 본래 저희 집에서 오랫동안 전해져 오던 것으로 잃어버린 지 이미 오래되었습니다. 그런데 현령께서 그것을 보내셨습니다. 옥반지를 어떻게 얻게 되었는지 알고 싶습니다."

"지난해 어떤 여자가 그 옥반지를 팔기에 우연히 싼값에 샀습니다. 그런데 지금 사랑께 큰 경사가 있기에 정을 표했던 것입니다. 댁에서 전해지던 물건인 줄은 모르고 있었습니다. 그 여자가 아직 남풍에 있으니 자세한 사정을 알 수 있을 것입니다."

남풍 현령은 돌아가 옥반지를 판 여자를 잡아들이고는 그 여자에게 물었다.

"너는 누구의 아내냐? 어디서 이곳으로 왔느냐?"

"소인의 성은 양(楊)가이고 남편의 성은 정(鄭)가이옵니다. 본래 개봉부(開封府) 사람으로 지난해 남편을 따라 이곳으로 왔다가 남편이 죽어 돌아가지 못했습니다."

남풍 현령이 그녀를 꾸짖었다.

"지난번에 네가 팔았던 보물들은 모두 여염집 물건이 아니어서 나도 의심하고 있었다. 그런데 지금 서울에서 오신 분이 그 옥반지를 보고는, '왕실의 창고에 보관했던 것인데 조정에서 급히 찾는 중이다.'라고 말하더라. 그것을 어떻게 얻었는지 밝히지 않으면 당장 너를 잡아서 서울로 보낼 것이야."

그 여자는 두려워하며 말했다.

"죽은 남편의 일에 소인이 간여한 바는 없사오나 어찌 똑바로 아뢰지 않겠사오니까? 죽은 남편이 하남 지방에 있을 때 수레를 모는 일을 했사옵니다. 그런데 어느 날 보화를 가득 싣고 돌아왔기에 제가 이상해서 물어보았습니다. 그러자 죽은 남편이 '냉진이라는 자에게 빼앗은 거야. 술에 취해 잠든 틈을 타 다른 사람들과 함께 훔쳐 나누어 가졌지.'라고 했습니다. 그런데 얼마 뒤에 냉진이 관가에 고발하여 도적을 잡으려 한다는 말을 듣고 그곳에서 도망쳐 이곳으로 왔습니다. 제 남편은 불의를 저질러서 하늘이 벌을 내려 죽었습니다. 하지만 왕실 창고의 도적을 따진다면 그것은 냉진이지 제 남편이 아닙니다."

남풍 현령은 그녀의 말에 어떤 사연이 있을 것이라 여겨 즉시 시랑에게 알렸다. 시랑이 말했다.

"과연 그자는 설매가 말한 냉진이라는 자일 것입니다. 제가 일찍이 산동에서 만났을 때 장진이라 칭했던 놈이지요."

시랑은 집안사람에게 관원과 함께 동창으로 가 냉진에 대해 알아보게 했다.

그 무렵 교씨는 냉진을 따라 동창에서 머물고 있었다. 그러나 살림이 쇠락하여 굶주림과 추위를 견딜 수 없었다. 교씨는 날마다 냉진에게 욕을 퍼부었다.

"나는 한림학사의 부인이요, 계림 태수의 안사람이었지. 비단옷을 싫도록 입었고, 산해진미를 마음껏 먹었어. 걸음을 옮길 때마다 황금으로 된 연꽃이 피었고, 말을 하면 그대로 옥구슬이 되었는데, 네 아내가 된 뒤로는 이처럼 곤궁하게 되었어. 왜 빨리 나를 죽이지 않느냐?"

냉진은 재물을 모두 잃은 데다가 교씨가 자신을 원망하고 욕하자 견딜 수 없었다. 그런데 마침 왕 공자라 불리는 고향 사람이 있었는데, 집안이 부유하고 나이가 어렸다. 냉진은 밤낮으로 그를 유혹해 기생집과 술집에 드나들었으며 그의 재물을 몰래 훔치기도 했다. 그 때문에 왕 공자의 재산은 점점 줄어들었다.

왕 공자의 장인이 인근 고을의 태수로 부임해 냉진 때문에 왕 공자가 잘못돼 가고 있다는 말을 들었다. 이에 공자를 불러 크게 꾸짖고 관원을 보내 냉진을 잡아들여 곤장 백여 대를 치게 했다. 냉진은 수레에 실려 집으로 돌아왔으나 매 맞은 상처가 덧나 몇 달 만에 죽고 말았다. 교씨는 다시 몸을 의탁할 곳이 없어졌다.

서주(徐州) 사람 조파(趙婆)는 본래 기생 어미였다. 마침 동창을 지나다가 교씨의 빼어난 미모를 보고 그녀에게 타이르듯 말했다.

"나를 따라오면 평생 호화롭게 살 수 있을 텐데, 왜 그렇게 사서 고생을 하지?"

그 말을 듣고 교씨는 조파를 따라갔다. 그래서 사람들은 교씨를 조칠랑(趙七娘)이라 불렀다. 교씨는 나이가 서른이 넘었으나 미모가 아직 시들지 않고 〈예상우의곡〉을 잘 연주해 명성이 서주를 진동케 했다.

시랑이 보낸 집안사람과 관원은 동창으로 가서 냉진의 소식을 캐물었다. 동창 사람들은 냉진이 재물을 모두 도둑맞고 관가에 고발했다가 얼마 지나지 않아 다른 일 때문에 곤장을 맞고 죽었다고 말했다. 시랑의 집안사람과 관원은 더 이상 알아볼 것이 없어 돌아가다가 서주에 이르러 주막에 들어갔다. 그런데 마침 이웃집 다락 위를 바라보니, 어떤 여자가 창문에 친 발을 걷어 올리고 지나가는 사람에게 눈길을 보내고 있었다. 그 여자는 다름 아닌 교씨였다. 그들은 주막 주인에게 물었다.

"저 여자는 누구요?"

"명창 조칠랑이라오."

"이 지방 사람이오?"

"다른 고을에서 왔다고 합니다."

집안사람들이 돌아가 냉진은 이미 죽었으며 주막에서 교씨를 보았다고 시랑에게 이야기했다. 시랑이 말했다.

"음탕한 계집이 이리저리 굴러다니다 기생이 된 것이로군."

시랑이 다시 관원을 보내 교씨를 잡아다 죽이려 하자 사씨가 말했다.

"그 여자의 죄는 죽어 마땅하옵니다. 그러나 지금 기생이 되어 끝없이 욕을 당하고 있습니다. 하늘이 죄를 갚아 준 것으로 충분하옵니다. 상공은 아전과 백성의 존경을 받고 계신데 무엇 때문에 집안의 추악한 일을 남들에게 알리려 하십니까?"

시랑은 그 말이 일리가 있다고 생각했지만 교씨를 죽이려는 생각은 끝내 버리지 않았다.

시랑은 강서 지방에서 삼 년을 머물면서, 위로는 조상의 어질고 충성스러운 마음을 본받고 아래로는 사씨의 올바른 조언을 받아들여 몸을 바르게 하고 백성을 사랑으로 대했다. 천자는 이를 가상히 여겨 관직을 올려 예부상서로 삼았다.

유 상서는 말을 타고 서울로 올라가다가 서주 땅을 지나가게 되었다. 상서는 교씨의 일을 알아보려고 일부러 며칠 동안 그곳에 머물면서 집안사람 여러 명을 주막으로 보냈다. 상서는 곧 교씨가 냉진을 따

라갔다가 냉진이 죽은 뒤 기생이 되어 그곳까지 온 실상을 모두 알게 되었다. 상서는 매파를 불러 돈을 많이 주면서 말했다.

"자네는 조칠랑을 만나 이러저러하게 말하게."

매파는 즉시 가서 교씨를 만나 말했다.

"지금 예부 최 상서께서 천자의 부름을 받고 서울로 올라가시는 길에 이곳을 지나시다가 자네의 명성을 듣고 첩으로 삼았으면 하시네. 상서는 조정에서 이름난 재상이며 연세는 마흔이 채 되지 않았고 집안도 매우 부유하네. 다만 부인께서 병으로 집안일을 제대로 다스릴 수가 없지. 자네가 그 댁으로 들어간다면 명색은 비록 첩이나 실은 부인과 다름없을 것이네. 자네의 생각은 어떠한가?"

교씨가 흔쾌히 승낙하자 매파가 다시 말했다.

"상공께서 부인과 함께 가고 있네. 그래서 불편하니 자네가 조금 뒤에 서울로 올라오면 그때 혼인을 하자고 하시네."

교씨가 알았다고 하자 매파가 돌아가 상서에게 아뢰었다. 상서는 즉시 옷과 머리 장식, 가마와 하인 등을 마련해 교씨를 데리고 뒤따라오도록 했다.

상서는 서울에 도착하여 천자에게 인사를 올렸다. 그리고 옛집으로 물러가 안팎을 청소하고 친척들을 모두 모이게 했다. 사씨는 그제야 비로소 두 부인을 만났는데, 두 사람이 나눈 정은 누구나 짐작할 수 있을 것이다.

사씨는 추영을 불러 두 부인에게 인사시키며 말했다.

"이 사람은 지난번 사람과는 다릅니다. 고모님께서는 의심하지 마시기 바랍니다."

두 부인이 웃으며 대답했다.

"비록 어질다 해도 끝내 이로운 일은 없을 것이네."

두 부인도 역시 추영에게 인아의 일을 고마워했다. 상서가 미소를 지으며 두 부인에게 아뢰었다.

"제가 산동 길거리에서 좋은 사람을 얻었습니다. 어디 한번 구경이나 하시겠습니까?"

상서가 좌우를 돌아보며 말했다.

"조칠랑을 데리고 오너라."

그때 교씨는 이미 서울에 도착해 가까운 곳에 머물며 기다리고 있었다. 하인들이 교씨를 가마에 태우고 상서의 집 문밖에 이르자 교씨는 깜짝 놀라 물었다.

"이곳은 유 한림의 집이로구나. 너희들이 집을 잘못 안 것 아니냐?"

"유 한림이 귀양을 간 뒤에 우리 어른께서 이 집을 사셨습니다."

교씨는 혼자 속으로 생각했다.

'나는 참으로 이 집과 인연이 있구나. 다시 백자당에 들어가 살 것이 틀림없어.'

교씨는 대문 안으로 들어가 가마에서 내렸다. 어린 계집종 둘이서 교씨를 섬돌 아래로 데려가더니, 얼굴을 가렸던 것을 걷으며 교씨에게 말했다.

"상공과 부인께서 마루에 계십니다. 인사를 올리시지요."

교씨가 눈을 들어 마루를 바라보니, 그곳에는 유 상서와 사씨가 두 부인을 모시고 앉아 있었다. 좌우의 사람들도 모두 유씨 집안사람들이었다. 교씨는 간담이 서늘하여 땅바닥에 엎드린 채 머리를 조아리며 말했다.

"상공, 저를 살려 주십시오. 저를 살려 주십시오."

상서는 목소리를 높여 교씨를 꾸짖었다.

"음탕한 계집은 네 죄를 아느냐?"

"어찌 모르겠습니까? 제 죄는 머리카락을 뽑아 헤아린다 해도 남을 것입니다."

상서가 다시 꾸짖었다.

"너에게는 열두 가지 큰 죄가 있느니라. 처음에 사 부인이 너를 경계하여 음란한 노래를 연주하지 말라고 했다. 호의로 한 말이었는데도 너는 사 부인을 모함했다. 그것이 첫 번째 죄다. 너는 이십랑과 함께 요망한 술수를 부려 나를 홀렸다. 그것이 두 번째 죄다. 음란한 종년을 사주하여 동청과 사통하게 하고, 그들과 결탁하여 한패가 되었다.

그것이 세 번째 죄다. 스스로 저주를 하고도 이를 전가하여 사 부인에게 화를 입혔다. 그것이 네 번째 죄다. 그리고 동청과 몰래 정을 통해 가문을 욕되게 했다. 그것이 다섯 번째 죄다. 옥반지를 훔쳐 다른 남자에게 주고 사 부인이 음탕한 행실을 저질렀다고 모함했다. 그것이 여섯 번째 죄다. 스스로 자식을 죽이고 사 부인을 쫓겨나게 했다. 그것이 일곱 번째 죄다. 도적을 보내 사 부인을 해치려 했다. 그것이 여덟 번째 죄다. 간통한 사내와 공모해 나를 엄 승상에게 모함했다. 그것이 아홉 번째 죄다. 유씨 집안의 재물을 모두 탈취해 간통한 사내를 따라갔다. 그것이 열 번째 죄다. 인아를 물속에 던지게 했으니, 그것이 열한 번째 죄다. 장사 지방 길거리에서 도적을 보내 나를 해치려 했다. 그것이 열두 번째 죄다. 이처럼 도저히 용서받을 수 없는 죄를 저지르고도 살기를 바라느냐?"

교씨는 머리를 조아렸다.

"그것은 모두 저의 죄입니다. 하지만 장주를 해친 것은 납매가 저지른 짓이었습니다. 옥반지를 훔쳐 냉진에게 준 것, 상공을 엄 승상에게 모함한 것, 상공에게 도적을 보낸 것 등은 모두 동청이 저지른 짓이옵니다."

교씨는 다시 사씨에게 목숨을 빌었다.

"저는 부인을 저버렸습니다. 그렇지만 자비를 베푸시어 저의 목숨을 살려 주옵소서."

사씨가 대답했다.

"네가 나를 해치려 했지만 이제 그것을 돌이켜 생각하지는 않겠다.

그러나 상공과 조상님께 지은 죄만큼은 나도 어떻게 할 수가 없구나."

교씨는 애원하기를 그치지 않았다. 상서가 다시 좌우에 호령했다.

"교씨를 묶고 심장을 가르고 간을 꺼내라!"

그러자 사씨가 말렸다.

"교씨는 일찍이 상공을 모신 사람이니 지위가 가볍지 않았습니다. 죽인다 하더라도 몸만은 온전하게 해야 할 것입니다."

상서는 그 말에 따라 교씨를 동쪽 행랑으로 끌고 가 목을 매 죽게 하고는 시체를 거적에 말아 변두리에 내다 버려 날짐승의 밥이 되게 했다.

상서가 교씨를 죽인 뒤 사씨는 춘방의 억울한 일을 생각하고 해골을 찾아 묻어 주고 제문을 지어 제사도 지내 주었다. 또한 이십랑의 죄를 다스리려고 사람을 보내 찾았으나 이십랑은 두 해 전에 궁녀 김영(金英)의 사건에 연루되어 이미 죽고 없었다.

추영은 연이어 아들 셋을 낳았는데, 이름을 웅아(熊兒), 준아(駿兒), 난아(鸞兒)라 했다. 세 아이는 모두 아버지와 형의 풍모를 닮았다. 상서는 목종(穆宗) 임금 때 승상이 되어 천자를 보좌해 태평성대를 이루었다. 황후는 사씨의 어진 덕행에 대해 듣고 자주 불러 가까이 대했다. 비빈(妃嬪)들도 모두 사 부인을 스승으로 섬겼다. 아들 넷은 모두 급제하여 조정에 이름을 떨쳤다. 사 추관도 역시 높은 벼슬에 올라 가문의 번성함이 당대에 으뜸이었다.

상서와 사씨는 함께 해로하다가 여든이 넘어 세상을 마쳤다. 그 뒤

유린은 병부상서가 되었고 유웅은 이부시랑이 되었다. 유준은 호부 상서가 되었으며 유난은 태상경이 되었다. 추영도 역시 천수를 다하고 세상을 마쳤다.

사씨는 《여훈》과 《속열녀전》을 썼으며 왕씨(王氏), 양씨(楊氏), 두씨(杜氏), 이씨(李氏) 등 며느리 네 사람을 가르쳤다. 이들도 모두 어진 덕행이 있어 사씨의 아름다운 언행을 잘 계승했는데, 이에 관한 책이 두 권 남아 있다.

- **병부상서(兵部尙書)** 육부 가운데 군사에 관한 일을 맡아보던 관아의 으뜸 벼슬.
- **호부상서(戶部尙書)** 육부 가운데 호구(戶口), 공부(貢賦), 전량(錢糧)에 관한 일을 맡아보던 관아의 으뜸 벼슬.
- **태상경(太常卿)** 제사를 주관하고 왕이 죽은 뒤 그 이름을 짓는 일을 맡아보던 관아인 태상시(太常寺)의 으뜸 벼슬.
- **《여훈(女訓)》** 집안의 부녀자들에게 하는 훈시나 교훈을 적은 책.
- **《속열녀전(續烈女傳)》** 열녀의 행적을 기록한 전기 책인 《열녀전》의 속편.

조선 최고의 여인에서 비참한 폐비로

소설 속에서는 사씨가 정실부인의 자리에서 쫓겨난 것으로 인현왕후의 강제 폐위를 빗대고 있습니다. 그렇다면 왕비도 일반 여성처럼 칠거지악에 따라 그 자리에서 물러났을까요? 왕비 간택의 과정이 까다롭고 복잡한 만큼이나 폐비의 과정 또한 복잡했으며, 폐비의 이유는 크게 정치적 문제에서 비롯되었습니다. 특히 당쟁이 심했던 조선 시대에는 왕비의 자리에서 쫓겨난 폐비가 많았지요. 폐비가 된 왕비들은 대부분 사후에 복위되었으나, 그렇지 못한 경우도 있었습니다. 그중 몇 명의 사연을 살펴봅시다.

태조의 두 번째 왕비 신덕 왕후 강씨

신덕 왕후 강씨(1356~1396)는 조선 태조의 정치적 조력자로 조선을 세우는 데 크게 기여했습니다. 자신보다 스물한 살이나 많은 이성계와 정략결혼을 한 뒤 1392년 조선 개국과 함께 조선의 첫 왕비가 되지요. 신덕 왕후 강씨는 이성계의 첫 번째 부인에게서 난 자식들 대신 자기 아들을 왕자로 앉히기 위해 애를 쓰다 정비의 자식인 태종 이방원의 노여움을 샀습니다. 그래서 이방원이 왕자의 난으로 왕의 자리에 오르고 태조 이성계가 죽은 뒤 후궁으로 강등되었습니다. 세상을 떠난 후 폐위가 된 경우인데, 이후 300여 년이 지난 1669년에야 왕비로 복위되었습니다.

문종의 왕비 현덕 왕후 권씨

현덕 왕후 권씨(1418~1441)는 문종의 세 번째 세자빈이었습니다. 세자빈으로 책봉된 뒤 1441년에 단종을 낳고는 사흘 뒤 세상을

떠났으며 남편 문종이 왕위에 오른 1450년에 왕비의 자리에 오릅니다. 세상을 떠난 뒤 왕후의 자리에 오른 것이지요. 하지만 사후 16년이 지난 1457년, 현덕 왕후 권씨의 어머니와 동생이 단종 복위 운동을 벌이다 발각되자 연좌의 죄로 폐위됩니다. 생전에 사흘밖에 보지 못한 아들 단종으로 인해 죽은 뒤에 왕비가 되었다가 다시 폐비가 된 경우였지요.

단종의 첫 번째 왕비 정순 왕후 송씨

정순 왕후 송씨(1440~1521)는 열다섯 살에 왕비에 책봉되어 한 살 연하였던 단종과 혼인합니다. 그러나 1455년 단종이 세조에게 왕위를 내주고 1457년 단종 복위 운동이 발각되자 궁에서 쫓겨나 관비로 전락합니다. 영월로 유배된 단종과는 생전에 다시 만나지 못했으며 동대문 밖 숭인동에서 거우 연명하며 지냈는데, 세조가 도움을 주려 했으나 절대 받아들이지 않았다고 합니다. 정순 왕후 송씨는 매일 영월을 향해 통곡했다고 하며 여든둘의 나이로 세상을 떠났습니다. 그녀의 무덤 곁 나무들이 단종의 능이 있는 쪽으로 기울어져 자란다고도 하여 남편을 향한 정순 왕후의 깊은 정과 사랑을 짐작케 하지요. 1698년에야 단종과 함께 복위됩니다.

성종의 두 번째 왕비 제헌 왕후 윤씨

제헌 왕후 윤씨(?~1482)는 연산군의 생모로, 1476년 왕비 자리에 올랐습니다. 남편인 성종이 여러 후궁을 거느리자 이를 질투하여 성종과 다툼을 벌이다 왕의 얼굴에 상처를 냈다고 합니다. 이 일로 성종의 어머니인 인수 대비의 눈 밖에 나 결국 1479년 폐위되고 1482년에 사약을 받아 죽고 맙니다. 그녀는 죽기 전 친정어머니에게 자신의 피가 묻은 옷을 아들 연산군에게 전해 달라고 유언했다고 하지요. 이후 연산군이 즉위해 어머니의 죽음에 대해 알게 되자 윤씨의 사사에 연루된 사람들은 모두 처벌당했으며 갑자사화가 일어나게 됩니다. 연산군은 폐위되었던 어머니를 복권시키지만 곧이어 일어난 중종반정으로 연산군마저 죽자 윤씨는 다시 폐위됩니다.

연산군의 첫 번째 왕비 거창군부인 신씨

거창군부인 신씨(1476~1537)는 본인의 문제가 아니라 왕위 찬탈이라는 반정에 의해 왕비의 자리에서 물러났습니다. 1488년 왕세자로 있던 연산군과 혼례를 치르고 입궁한 뒤 1494년에 왕비로 등극했지요. 그러나 폭정과 향락으로 정사를 망쳐 가던 연산군이 신하들을 중심으로 한 중종반정으로 왕위에서 쫓겨나자 함께 폐위되고 맙니다. 연산군은 무

오사화와 갑자사화를 통해 수많은 선비를 숙청했고, 성균관이나 홍문관 같은 학문 기관을 유흥장으로 만드는 등 조선의 대표적인 폭군으로 알려져 있습니다. 거창군부인 신씨는 이런 남편을 곁에서 지켜야 했으며, 아들 넷과 딸 둘을 모두 잃는 고통을 겪었습니다. 아들 중 둘은 요절했으며 나머지 둘은 연산군 폐위 이후에 사사되었습니다.

광해군의 첫 번째 왕비 문성군부인 유씨

문성군부인 유씨(1576~1623)는 1587년 광해군과 가례를 올린 뒤 1608년 광해군이 왕위에 오르자 왕비가 되었습니다. 판윤 유자신의 딸로 광해군의 중립 정책을 반대할 정도로 성리학적 가치관을 뚜렷이 가지고 있었다고 전해집니다. 1623년에 인조반정으로 광해군이 왕위에서 내려오면서 폐비되었고 강화도에 유배되었다가 7개월 만에 화병으로 사망했습니다. 폐비 유씨는 아들 셋을 두었는데 두 아들은 일찍 죽었으며 세자에서 폐위된 나머지 아들도 유배지에서 탈출을 시도하려다 실패하자 자결했습니다. 폐비 유씨 또한 폐비 거창군부인 신씨와 마찬가지로 정치적 희생양으로 폐위되었고 이후 복권되지 못했습니다.

깊이 읽기
사씨를 남쪽으로 보낸 까닭은?

함께 읽기
내가 만약 사씨라면?

사씨를 남쪽으로 보낸 까닭은?

◉ 《사씨남정기》를 따라가는 길

사씨가 남쪽으로 간 까닭은 무엇일까? 김만중이 쓴 우리나라의 대표 고전 소설《사씨남정기》는 독자들에게 이러한 의문을 던집니다. '사씨(謝氏)가 남(南)쪽으로 간(征) 이야기(記)'라는 뜻의 제목을 보는 순간, 독자들은 사씨가 누구인지, 그녀는 왜 남쪽으로 가게 되었는지, 그녀가 남쪽으로 간 사연을 허구의 이야기로 창작한 이유는 무엇인지가 궁금해집니다. 《사씨남정기》 읽기는 이러한 의문에서 시작해 작품을 따라가며 그 답을 찾아가는 과정입니다. 사씨가 누구인지, 그녀가 남쪽으로 간 까닭이 무엇인지 알게 되고, 이러한 사연의 의미를 곰곰이 생각한 뒤, 작가가 이를 창작한 이유나 작품의 의미에 대해 나름대로 해석하게 되는 것이지요.

● 작가 김만중의 두 얼굴

조선 시대의 독자들은 《사씨남정기》를 교훈을 담고 있는 작품으로 생각했습니다. 사대부 남성 독자들은 물론 《사씨남정기》를 보물처럼 소중히 여기던 평범한 부녀자들까지도 사정옥을 칭송하고 교채란을 증오했습니다. 교채란은 처의 자리에 오르고자 온갖 음모와 술수로 사정옥을 모함하고 그녀를 집안에서 쫓아냈습니다. 다른 사내와 간통했을 뿐만 아니라 자기가 낳은 아들이 죽어도 눈감아 버리고 이를 이용했으며, 끝내 남편조차 버렸습니다. 그녀는 사람이 해서는 안 될 못된 짓을 저질렀습니다. 그러나 사정옥은 곤경에 처해서도 한 집안의 며느리로서, 처로서 자신이 해야 할 도리를 다하고자 했습니다. 교채란의 모함에 빠져 자신을 내친 남편을 원망하지도 않았습니다. 이런 어질고 현명한 아내 덕분에 유씨 집안이 다시 일어설 수 있었던 것으로 그리고 있기 때문에 조선 시대 독자들은 《사씨남정기》에서 간악한 첩을 경계하고 현숙한 처를 옹호하는 교훈을 읽어 냈던 것입니다.

《사씨남정기》는 분명 선한 처와 악한 첩의 대립과 갈등이 선한 처의 승리로 끝나는 것을 보여 줍니다. 그래서 어진 처를 옹호하고 간악한 첩을 경계하는 교훈을 주제로 내세운 작품이라 할 수 있습니다. 《사씨남정기》의 작가 김만중은 성리학의 이념을 현실에서 이루려 한 매우 보수적인 정치가였으며, 그 생각을 앞장서서 적극적으로 실천한 사람이었습니다. 그러므로 《사씨남정기》를 통해 어진 처를 옹호하고 간악한 첩을 경계하는 보수적 주제를 독자에게 전달하려고 했다고 볼 수 있습니다.

그렇지만 김만중에게는 남다른 면이 있었습니다. 그는 오로지 한문만을 숭상하고 성리학만을 믿고 받들던 대다수의 사대부와는 달리 '한글'의 중요성을 인식했을 뿐만 아니라 사대부들이 배척하던 '불교'에 대해서도 긍정적으로 생각했습니다. '소설'에 대해서도 마찬가지였지요. 보수적인 사대부들은 소설을 써서도 읽어서도 안 되는 가치 없는 글이라 배격했지만 김만중은 오히려 소설의 가치를 인정하고 옹호했습니다. 소설은 인식을 새로이 전환하는 힘을 지니고 있기 때문에 독자들에게 감동을 준다고 했습니다.

그러므로 이러한 진보적 생각을 갖고 있던 김만중의 소설 《사씨남정기》를 보수적인 교훈을 전달하는 작품으로만 읽을 수는 없습니다. 당시의 규범을 근본적으로 부정하는 작품은 아니라 하더라도, 《사씨남정기》에는 당시의 규범 때문에 벌어지는 문제와 그 문제의 해결 방안에 대한 진지한 성찰이 담겨 있습니다.

● 조선 시대 독자들은 어떻게 읽었을까?

사씨는 누구인가요? 사씨는 유연수의 아내인 사정옥입니다. 유연수는 여러 대에 걸쳐 재상을 지낸 이름난 집안의 외아들로, 용모와 재주가 뛰어나 이름이 세상에 알려진 인물입니다. 비록 집안은 유연수만 못하나, 사정옥도 덕성과 재주가 매우 뛰어난 여성입니다. 유씨 집안에서 사정옥을 며느리로 선택한 것은 그녀의 이러한 자질을 높이 평가했기 때문입니다. 유연수처럼 집안 좋고 능력 있는 사람과 결혼한 사정옥은 매우 행복한 여자였음이 틀림없습니다. 게다가 유씨 집안의 큰 어른인 시아버지와 고모에게 두터운 신임과 사랑을 받았으니, 사정옥의 행복은 보장된 것이나 다름없었지요.

그런데 사정옥은 무엇 때문에 자신의 행복을 보장해 주는 유씨 집안을 떠나 남쪽으로 가야만 했을까요? 그것은 유연수의 첩 교채란의 모함 때문이었습니다. 사정옥은 유연수와 결혼한 지 십 년이 되도록 자식이 없었습니다. 그래서 사정옥 스스로 유연수에게 교채란을 첩으로 맞이하라고 했는데, 교채란 때문에 쫓겨나는 신세가 되었던 것입니다.

교채란은 온갖 음모와 술수로 사정옥을 유씨 집안에서 쫓아냅니다. 교채란이 사정옥과 벌인 싸움은 타협을 모르는 극단적인 것이었습니다. 왜 교채란은 극단적인 싸움을 사정옥과 벌였을까요? 왜 교채란은 위험천만하고 패륜적인 모험을 감행했을까요? 《사씨남정기》는 이러한 의문에 매우 구체적으로 답변하고 있습니다.

첫 번째 답변은 교채란이 재산과 지위에 대한 강한 욕망을 가지고 있었기 때문이라는 것입니다. 교채란을 첩으로 천거한 매파는 그녀를 다음과 같이 소개합니다.

> 본시 벼슬하던 집안의 자식인데, 부모가 일찍 죽어 언니와 서로 의지하며 살고 있사옵니다. 나이는 열여섯인데, 그녀 스스로 가문이 쇠퇴했으니 가난한 선비의 처가 되기보다는 차라리 재상의 첩이 되는 것이 낫겠다고 말하니, 첩으로서는 얻기 어려운 조건의 사람이옵니다.

매파의 말에서 그녀가 본래부터 현실적인 욕망을 지녔다는 것을 알 수 있습니다. 《사씨남정기》는 매파의 입을 통해 교채란이 '가난한 선비의 처'보다 '재상의 첩'이 되기를 원한다는 것을 알려 줌으로써 그녀의 악행이 이러한 품성과 긴밀한 관련이 있음을 암시합니다. 즉, 교채란의 내면에 이미 악행의 근원이 도사리고 있음을 알려 준 것이지요.

두 번째 답변은 교채란이 아들의 장래를 걱정하는 어머니였기 때문이라는 것입니다. 유연수는 가문의 대를 잇기 위해 교채란을 첩으로 맞아 장주를 낳는데, 뒤를 이어 사정옥도 인아를 낳습니다. 어느 날 유연수는 밖에서 돌아와 교씨의 아들은 버려둔 채 사씨의 아들만을 안고 귀여워합니다. 이를 유모에게 전해 들은 교채란은 다음과 같이 속마음을 드러냅니다.

> 내가 사씨보다 외모가 더 아름답지도 않을 뿐만 아니라 처와 첩의 차이도 크다. 나는 아들을 낳았고 사씨는 아이가 없었기에 좋은 대접을 받은 것이었지. 이제 사씨가 낳은 아이가 앞으로 이 집안의 주인이 되면 내 아이는 아무 쓸모가 없게 될 것이야.

교채란은 자신과 아들 장주의 미래를 염려하고 있습니다. 사정옥과 인아 때문에 자신과 장주가 쓸모없게 될 것을 두려워하는 것입니다. 이 두려움에서 벗어나기 위해 사정옥을 내쫓고 아내의 지위를 차지하려 했던 것입니다. 결국 교채란은 자신의 욕망을 달성합니다. 하지만 욕망 때문에 스스로 파멸하게 됩니다.

남쪽으로 쫓겨 가던 사정옥은 처지를 비관하여 스스로 목숨을 끊고자 했던 순간에 우화암 여승 묘희에게 구조됩니다. 묘희가 사정옥을 구할 수 있었던 것은 관세음보살의 계시 때문이었지요. 이는 유연수도 마찬가지였습니다. 묘희는 사정옥에게 관세음보살이 꿈속에서 한 계시를 알려 주고 유연수를 위기에서 구출하게 합니다. 유배지에서 병들어 죽어 가던 유연수를 감로수로 살려 낸 관세음보살은 사정옥과 유연수 모두를 죽음의 위기에서 구한 것입니다. 그래서 사정옥은 다시 유연수의 아내로 무사히 돌아갈 수 있었던 것이지요.

반면에 교채란은 자신과 함께 나쁜 짓을 저지르던 동청과 냉진의 품을 전전하다가 급기야 기생으로 전락하며, 결국 유씨 집안에 붙들려 와 죽습니다. 사정옥과의 기나긴 싸움은 교채란이 일으킨 것이지만 결국 최후의 승자는 사정옥이었습니다.

이런 전개와 결말 때문에 조선 시대 독자들은 《사씨남정기》에서 '사필귀정(事必歸正)'과 '권선징악(勸善懲惡)'을 읽어 낸 후, 이를 교훈으로 받아들였습니다. 또한 처와 첩을 구분하는 신분 질서를 부정하고 처가 되고자 했던 교채란의 욕망을 경계했으며 신분 질서를 뒤흔드는 욕망을 무너뜨린 사정옥을 우러러보았습니다. 하지만 이러한 해석은 작품 속에 은밀하게 자리 잡고 있는 작가의 문제 제기를 간과하거나 외면한 것이라고 볼 수도 있습니다.

● 작가가 말하려고 한 숨은 이야기

조선 시대 독자들은, 처가 되고자 하는 교채란의 욕망을 막아 낼 현실적 방책이 《사씨남정기》속에 없음을 이상하게 생각하지 않았습니다. 하지만 작품에서처럼 현실이 무력하다면 현실의 신분 질서는 유지될 수 없었을 것입니다. 작품에서는 유연수가 사정옥을 내쫓았지만, 처를 내쫓고 첩을 처로 삼는 일은 신분 질서를 심각하게 훼손하는 것이어서 현실에서는 좀처럼 일어나기 어려웠습니다.

실제 현실에서는 양반 사대부 집안에서 처와 첩을 구분하고 있는지, 부당하게 처를 내쫓지는 않는지 법으로 규제하고 감독했습니다. 그러나 법보다 더욱 효과적인 방책은 양반 신분을 혈통과 관련시키는 것이었습니다. 어머니의 신분에 따라 자식의 신분이 결정되었기 때문에 잘못된 행실을 이유로 처를 내쫓으면, 자신과 자식의 입신출세에 계속해서 좋지 않은 영향을 미치게 됩니다. 그래서 설령 처가 잘못을 저질렀다 해도 차마 내쫓지 못했던 것이지요. 이처럼 현실에서는 신분 질서를 뒤엎는 것이 매우 어려운 일이었습니다. 그런데도 《사씨남정기》에서는 너무나 순조롭게 교채란이 사정옥의 자리를 차지합니다.

또한 조선 시대 독자들은 사정옥의 고난이 궁극적으로 관세음보살의 계시 덕분에 해결되는 것이 무엇을 뜻하는지에 대해서도 깊이 생각하지 않았습니다. 사정옥이 절망의 끝에 서서 스스로 목숨을 끊으려 했을 때 사정옥을 구한 것은 관세음보살의 계시, 즉 불교적 구원이었습니다. 성리학의 이념을 불교의 도움을 통해 지켜 낸 것이지요.

김만중은 신분 질서를 뒤엎으려는 욕망을 현실 세계의 방책으로 막아 낼 수 있었는데도, 그 대신에 관세음보살의 도움으로 욕망의 폭력에서 벗어나는 상황을 그리고 있습니다. 사정옥의 승리에 환호했던 조선 시대 독자들 가운데 특히 사대부 독자들은,

자신들이 배척하던 불교를 인정하는 대가를 치러야 했습니다.

조선 시대 독자들은 유교적인 가치보다 불교적인 힘이 사정옥을 구출했다는 사실을 심각하게 생각하지 않았습니다. 하지만 관세음보살을 현실적 방책으로 내세운 것은 김만중의 의도라고 볼 수 있습니다.

김만중은 보수적인 당파의 일원으로 성리학의 이념을 현실에 구현하려고 정치적으로 분투했으며, 그 때문에 여러 번 귀양을 가기도 했습니다. 그는 성리학에 대한 도전을 현실적으로 막아 낼 방법을 누구보다 잘 알고 있었기 때문에 《사씨남정기》에서는 그 도전을 의도적으로 허용하여 그려 냈다고 볼 수 있습니다.

왜 그랬을까요? 첩이 처가 되고자 하는 욕망, 서자가 적자가 되고자 하는 욕망, 이러한 욕망은 차별적인 사회 제도가 있는 한 사라지지 않을 것입니다. 성리학의 이념으로 억압한다고 해서 사라지는 것이 아니지요. 그렇지만 성리학의 이념은 차별을 통해 안정을 얻고 행복을 얻을 수 있다는 생각에 바탕을 두고 있기 때문에 욕망을 억압합니다. 그러나 김만중은 억압만으로는 현실의 질서를 유지할 수 없다고 생각했고, 그래서 욕망의 도전을 의도적으로 허용했던 것입니다.

김만중이 욕망의 문제에 기울인 관심은 규범에 사로잡혀 있던 조선 시대 독자들처럼 단순히 욕망의 도전을 경계하고 이를 징계하는 차원에 머무른 것이 아니었습니다. 김만중은 《사씨남정기》를 통해 욕망이 폭력적으로 드러나는 근본 원인을 제시하고 이를 제도적으로 해결하고자 했던 것입니다. 장 희빈에게 빠져 인현 왕후를 폐출한 숙종의 마음을 돌리기 위해 김만중이 《사씨남정기》를 창작했다고 이야기하기도 하나, 이렇게만 볼 것은 아닙니다.

김만중은 《사씨남정기》에서 신분에 따라 사람을 차별한 당시의 사회 제도에 대한 회의 또는 성찰을 시도한 것이요. 《사씨남정기》에서 교채란의 반란을 막을 수 있는 힘을 가지고 있었던 유연수와 두 부인이 교채란의 반란에 무력했던 것 또한 이러한 생각의 반영으로 볼 수 있습니다. 신분 질서를 통제할 수 있는 힘이 무력화되는 상황을 통해 당시 사회 제도의 문제점을 드러낸 것입니다.

김만중은 《사씨남정기》에서 욕망의 문제를 해결하는 두 개의 해답을 제시하는데,

그중 하나는 내면적 기질입니다. 교채란의 반란을 이겨 내고 남편과 처의 관계로 돌아온 유연수와 사정옥은 임씨를 첩으로 맞아들입니다. 교채란 때문에 죽을 뻔했는데도 다시 임씨를 첩으로 맞아들인 것이 쉽게 이해되지 않을 수 있습니다. 그러나 임씨를 첩의 자리에 앉힐 수 있었던 것은 그녀가 교채란과는 달리 현실의 질서에 순응하는 기질을 가진 인물이었기 때문입니다. 욕망이 폭력적으로 분출되어 신분 질서를 무너뜨리는 것을 근본적으로 막으려면 욕망을 추구하는 기질을 지닌 교채란을 현실의 질서에 순응하는 기질을 지닌 임씨로 대체해야 한다고 생각한 것이지요. 이것이 김만중이 제시하는 해답 가운데 하나입니다.

김만중의 생각은 여기에 머물지 않습니다. 김만중은 교채란이 직면한 주관적 조건(욕망을 이루려는 기질)뿐만 아니라 객관적 조건(적서 차별 때문에 소외될 아들의 운명)까지도 구체적으로 인식하고 있었기 때문에, 교채란을 임씨로 대체하는 것만으로 문제를 충분히 해결할 수 있다고 생각하지 않았습니다.

《사씨남정기》의 결말 부분에는 사정옥의 아들 유린이 병부상서가 된 것과 함께 임씨의 세 아들도 높은 벼슬에 올랐다는 내용이 있습니다. 이는 주관적 조건뿐만 아니라 객관적 조건도 바꿔야 욕망의 문제를 해결할 수 있다는 의미입니다. 당시 첩이 낳은 아들인 서자에게는 과거에 응시할 자격마저 없었던 점을 고려할 때, 임씨의 세 아들이 높은 벼슬에 올랐다는 이야기로 작품을 끝맺은 것은 적서를 차별하는 현실을 타개해야 한다는 김만중의 생각을 반영한 것입니다. 그렇다고 해서 그가 봉건 체제의 바탕이 되는 신분 질서를 전면적으로 부정한 것은 아닙니다. 하지만 제한적으로나마 차별의 문제점을 제기하고 이를 고쳐야 한다고 요구한 것은 분명 진전된 생각이라 할 수 있습니다. 이러한 생각은 조선 시대 독자들이 《사씨남정기》에서 읽어 낸 교훈과는 커다란 차이가 있습니다.

조선 시대 독자들이 교채란의 악행을 증오하고 경계하기만 했다면, 김만중은 교채란의 악행이 제도적 결함에서 비롯되었음을 지적하고 그 제도를 개선할 방법까지 제시한 것입니다. 신분 질서의 차별을 완화해야만 욕망이 폭력적으로 드러나는 것을 막을 수 있다는 생각, 이것이 김만중이 《사씨남정기》에서 제시한 또 하나의 해답이었습니다.

● 《사씨남정기》의 이본과 이 책의 저본

오늘날까지 전해 오는 고전 소설은 대부분 작가의 이름이 밝혀져 있지 않습니다. 그래서 누가 지은 작품인지 모르는 경우가 많습니다. 오늘날까지 전해 오는 《사씨남정기》의 이본(異本)은 국문본(國文本)과 한문본(漢文本)을 합하여 백 종 이상입니다. 하지만 어느 본에도 작가의 이름이 밝혀져 있지 않습니다. 그런데 왜 김만중이 《사씨남정기》를 지었다고 할까요?

김만중이 《사씨남정기》의 작가라는 것을 알게 된 것은 그의 종손(從孫, 형인 김만기의 손자)인 김춘택(金春澤, 1670~1717)이 "서포(西浦)께서는 우리말로 많은 소설을 지으셨는데 그중 《남정기(南征記)》는 대수롭지 않은 것들과는 다르다. 그래서 내가 한문으로 옮겼다."라고 한 기록 때문입니다. '서포'는 김만중의 호이므로, 이 기록을 통해 김만중이 '한글'로 《사씨남정기》를 지었다는 것을 알게 된 것이지요. 그렇지만 백여 종이나 전해 지는 《사씨남정기》 가운데 김만중이 직접 쓴 원본은 없습니다.

여기에 소개하는 《사씨남정기》는 김춘택이 한문으로 옮긴 것을 독자들이 읽기 쉽도록 풀어 쓴 것입니다. 김춘택은 한문으로 옮기면서 첨가하고 삭제하여 고친 곳이 있다고 했으니, 원본과 달라진 부분이 있는 것은 사실입니다. 하지만 김만중의 종손이 원본으로 바탕으로 대체로 충실하게 옮긴 것이므로, 원본이 전해지지 않는 상황에서는 원본을 대신할 수 있는 좋은 이본입니다. 김춘택 한역본 계통의 이본도 십여 종이 전해지는데, 이 책은 이 이본들을 대조하여 차이 나는 것을 바로잡은 이래종 선생의 교감본(校勘本)을 저본으로 삼았음을 밝혀 둡니다.

함께 읽기
내가 만약 사씨라면?

● 사정옥(사씨)이 남편 유연수에게 교채란(교씨)을 첩으로 맞아들이라고 권한 까닭은 무엇인지 말해 봅시다. 그리고 교채란이 자신을 좋게 본 사정옥을 미워하고 모함하게 된 까닭이 무엇인지도 말해 봅시다.

● 사정옥이 매파의 권유를 거절하고 현령의 권유를 받아들인 까닭이 무엇인지 생각해 보고, 사정옥이 혼인에서 중요하게 생각한 점은 무엇이었는지 말해 봅시다. 오늘날 사람들이 결혼할 때 무엇을 중요하게 여기는지 말해 보고, 이를 사정옥이 중요하게 여긴 점과 비교해 봅시다.

● 사정옥은 시집에서 쫓겨나 갖은 시련과 고난을 겪어야 했습니다. 사정옥이 어떤 시련과 고난을 겪었는지 떠올려 보고, 그 까닭을 주인공인 사정옥, 유연수, 교채란의 성격과 관련지어 말해 봅시다.

● 다음은 《사씨남정기》에 나오는 구절들입니다. 어떠한 상황에서 쓰였는지, 또는 어떠한 상황에서 쓸 수 있는 말인지 생각해 봅시다.

· 푸른 연잎과 흰 연꽃은 뿌리가 같고 공자와 부처는 모두 성인이다.
· 한 필 말에는 안장이 두 개 있을 수 없고 한 그릇 밥에는 수저가 두 개 있을 수 없다.
· 향기로운 난초가 봄바람에 흔들거리고 하얀 연꽃이 고요하고 맑은 가을 물에 비친다.
· 호랑이를 그릴 때는 뼈를 그리기 어렵고 사람을 사귈 때는 마음을 알기 어렵다.

● 다음은 김만중이 쓴 책 《서포만필》에 나오는 글입니다. 글을 읽고 김만중이 '소설'을 어떻게 생각했는지 말해 봅시다.

《동파지림(東坡志林)》에 이르기를 거리의 어리석은 아이들은 그 집에서 싫어하고 괴롭게 여긴다. 문득 돈을 주어 모여 앉게 해서는 옛날이야기를 들려준다. 삼국의 일을 말하는 데 이르러 유현덕이 패했다는 말을 들으면 얼굴을 찡그리고 눈물을 흘리다가 조조가 패했다는 말을 들으면 즉시 기뻐 소리치니 이것이 나관중의 《삼국지연의》가 가진 힘이다. 하지만 진수의 사전(史傳), 온공의 《통감》을 가지고 무리를 모아 가르친다면 그 이야기를 듣고 눈물 흘릴 이가 없을 것이니 이것이 통속 소설을 짓는 까닭이다.

● 다음 글을 읽고 《구운몽》과 《사씨남정기》의 공통점을 이야기해 봅시다.

조선 시대는 일부다처제 사회였다. '성진이와 팔 선녀'의 사랑을 다룬 《구운몽》은 모든 남성의 낭만적 꿈이었다. 한 남자가 두 명의 아내와 여섯 명의 첩을 거느린다는 점도 기막힌 행운이지만, 더 기가 막힌 건 그 여덟 명의 여인들끼리 아주 사이좋게 지낸다는 사실이다. 하지만 그건 한바탕 일장춘몽이었다. 실제 현실은 처첩간에 '피 터지게' 싸우는 《사씨남정기》였다. 그렇다. 일부다처제 사회에서는 남성들도 고달픈 법이다. 그렇다고 모든 남성이 다처를 지향한 건 결코 아니다. 동물 가운데 아주 드물게 일부일처제를 고수하는 '늑대'처럼 오직 한 명의 아내하고만 사랑을 나누는 경우도 얼마든지 있다. 그런 점에서 여자를 밝히는 남성을 '늑대 같은 놈'이라고 욕하는 건 정말 늑대에 대한 무지와 오해의 극치라 아니할 수 없다.

– 고미숙, 《임꺽정, 길 위에서 펼쳐지는 마이너리그의 향연》

● 《구운몽》과 《사씨남정기》의 차이점을 생각해 보고, 주인공과 주요 인물, 시간적·공간적·종교적 배경, 시련과 극복의 과정, 주제 의식 등이 어떻게 다른지 이야기해 봅시다.

참고 문헌

노대환·신병주, 《고전소설 속 역사여행》, 돌베개, 2005.

신명호, 《조선왕비실록》, 역사의아침, 2007.

위치우위, 《위치우위의 중국문화기행 1, 2》, 미래인, 2007.

이수광, 《조선을 뒤흔든 16인의 왕후들》, 다산초당, 2008.

임중웅, 《조선왕비열전》, 선영사, 2008.

최선경, 《왕을 낳은 후궁들》, 김영사, 2007.

한국역사연구회, 《조선시대 사람들은 어떻게 살았을까 1, 2》, 청년사, 2005.

황봉구, 《명나라 뒷골목 60일간 헤매기》, 학민사, 2006.

도움 주신 분들

왕지윤(경인여자고등학교 교사)

조현종(태릉고등학교 교사)

국어시간에 고전읽기 13

사씨남정기, 남쪽으로 쫓겨난 사씨 언제 돌아오려나

1판 1쇄 발행일 2009년 12월 16일
개정판 1쇄 발행일 2012년 11월 19일
개정판 11쇄 발행일 2024년 5월 27일

기획 전국국어교사모임
지은이 김현양
그린이 배현주

발행인 김학원
발행처 (주)휴머니스트출판그룹
출판등록 제313-2007-000007호(2007년 1월 5일)
주소 (03991) 서울시 마포구 동교로23길 76(연남동)
전화 02-335-4422 **팩스** 02-334-3427
저자·독자 서비스 humanist@humanistbooks.com
홈페이지 www.humanistbooks.com
유튜브 youtube.com/user/humanistma **포스트** post.naver.com/hmcv
페이스북 facebook.com/hmcv2001 **인스타그램** @humanist_insta

편집책임 문성환 **편집** 윤무재 **디자인** 김태형 림어소시에이션
스캔·출력 이희수 com. **용지** 화인페이퍼 **인쇄** 청아디앤피 **제본** 민성사

ⓒ 김현양·배현주, 2013

ISBN 978-89-5862-528-5 44810